再生　角川ホラー文庫ベストセレクション

綾辻行人、井上雅彦、今邑 彩、岩井志麻子、
小池真理子、澤村伊智、鈴木光司、福澤徹三
朝宮運河＝編

角川ホラー文庫
22566

目次

再生

綾辻行人

私の眼前には今、妻、由伊(ゆい)の身体(からだ)がある。

暖炉の前に置かれた古い揺り椅子の上に、彼女はいる。結婚前に私がプレゼントした白いドレスを華奢(きゃしゃ)なその身にまとい、坐(すわ)っている。人形のように行儀よく足を揃え、両手を肘(ひじ)掛けにのせてじっとしている。

この部屋のこの椅子に彼女を坐らせ、自分はその手前の絨毯(じゅうたん)の上に寝そべり、暖炉の火を眺めながらとりとめもなく話をするのが、私は好きだった。彼女もまた、私と同様にそんな他愛(たわい)もないひとときを好んだ。

しかし、今……。

外ではひどい雨が降っている。人里離れた山中に建つこの別荘を外の世界から切り離してしまおうとでもいうように、そうして私たち二人を凍りついた時間に閉じ込めてしまおうとでもいうように、冷たく激しく降りしきっている。

部屋には、私が飲んだウィスキーの空壜(あきびん)が幾本も転がっている。毛足の長い亜麻色の絨毯はあちこち、こぼれた酒や煙草の灰で汚れている。——何とも荒(すさ)んだありさまだ。

酒に酔った私は、ときどき現在の状況を忘れ、呂律（ろれつ）の回らぬ舌で由伊に話しかける。けれど彼女は、何を応（こた）えることもない。応えてくれるはずがない。頷（うなず）いたり表情を変化させたりすることもない。

当たり前だった。

今ここにいる彼女の身体には、顔がないのだから。頭がないのだから。口を利けるはずもなければ表情を動かせるはずもない。

これは冗談でも比喩（ひゆ）でも何でもなく、文字どおり、首から上がそこには存在しないのである。私がこの手で、それを切り落としてしまったのだ。

そして、私は待っているのだった。ひたすら待ちつづけているのだった。

彼女のその身体から新しい首が生えてくるのを。

＊＊＊

私が由伊と出会ったのは今から二年前――私が三十八歳、彼女が二十一歳の年の、ある秋の日のことだった。

そのころ私は鬱病気味（うつびょうぎみ）のうえ、かなり重度のアルコール依存症に苦しんでおり、悩んだあげく、このままでは取り返しのつかないことになるからと決心して、病院の神経科へ治療に通っていた。その待合室で、だった。私は彼女を見つけたのである。

初めは彼女のほうが、私をじっと見ていたのだった。その眼差し（まなざし）は妙に熱っぽく、その顔には、何だろうか、ちょっとした驚きのような色があった。

若くて美しい女性だった。が、どこかで会ったような憶（おぼ）えはない。私は戸惑い、こちらからはなるべく目を向けないようにしていたのだけれど、それでもやはり気になって、ちらちらと相手の様子を窺（うかが）ってしまう。

茶色がかった髪をショートにし、とても色白で、ぱっちりとした二重瞼（ふたえまぶた）の目の色は髪と同じく茶色がかっていた。妖精（ようせい）めいた風情（ふぜい）、などと云（い）ってみてもいいだろうか。私は当然のことながら、彼女に対して大いに興味をそそられた。

診察は彼女のほうが先に済み、その次が私だった。「宇城（うじょう）さん」と名を呼ばれて立ち上がり、診察室から出てきた彼女とすれちがった時も、彼女の茶色い瞳（ひとみ）はじっと私の顔を見ていた。

担当の医師は私の大学時代の友人で、萩尾（はぎお）という名の男だった。ひととおりの問診を受け、「もうひと息で完治ってところだな」という嬉（うれ）しい診断を聞いたあと、私は少し声をひそめて彼に訊（き）いた。

「さっきの——僕の前の若い女の子、どういう患者なんだ」

萩尾は訝しげに眉をひそめたが、すぐに低く笑って、

「なかなか可愛い娘だったね」

と云った。それから冗談めかした口調で、

「こんなところでナンパでもするのか」

「まさか」

私は慌てて首を振った。

「ずっと僕の顔をじろじろ見ていたんだ、あっちの部屋で。確かにきれいな娘だが、場所が場所だから、つまりその……」

「危険な患者じゃないよ」

と、彼は先まわりをして云った。

「頭痛と不眠症に悩んでいるんだとか。いちばん多い相談だな。見た感じ、いくぶん神経症的なところがないでもないが、まあ少なくとも、一時期のおまえよりは遥かに健康だろうさ」

「——そうか」

診察室をあとにして、薬局の前で薬の処方を待っている間、私は無意識のうちに彼女の姿を探していた。もう薬を貰って帰ってしまったのか、と思うと、何となく心の

緊張が解けた。

　ところが、しばらくして私の番号が壁の電光板に表示された時――。

　こつん、と後ろから背中を小突かれたのだ。振り向くとそこに、彼女が立っていた。

「宇城先生?」

　仔猫（こねこ）のようにちょこっと首を傾げて、彼女は云った。

「やっぱりそうだ。あたし、先生のファンなんです」

「ファン?」

「教養部の時は、いつもいちばん前で先生の講義、聴いてたんだけどなあ。『社会学II』の講義です。憶えてませんか。――ませんよね。いっぱい学生、いたから」

「ああ……うちの学生なんですか」

　まずいところで会ったものだ、という思いがとっさに首をもたげた。社会学の宇城助教授が神経科の医者にかかっている、とは、あまり学生たちの間に知れ渡ってもらいたくない噂だったから。

　しかし一方で、呆気（あっけ）に取られるようなその偶然を、私が嬉しく思ったのも事実である。「ファンなんです」という、いかようにも意味を解釈できそうな言葉に、年甲斐（としがい）もなくとやはり云うべきだろうか、妙な胸のときめきを覚えもした。

「あたし、咲谷（さきたに）由伊」

と自己紹介して彼女は、どちらかと云うと幼造り(おさなづくり)の顔にふと、はっとするようなコケティッシュな笑みを浮かべた。

「国文学専攻の三年生です。顔と名前、憶えてくださいね」

*

私たちは愛し合うようになった。

出会ってから一ヵ月も経った頃には、彼女は独り暮らしの私の家へしばしば遊びにきては泊まっていくようになった。私の車に乗って一緒に大学へ行くこともあった。そこに至るまでに、どういった男と女の駆け引きが私たちの間にあったのか、そのあたりのことはくだくだとは語るまい。どうとでも想像してもらえればいい。

十七歳という大きな年齢の差が気にはなったけれども、私がそれを云うと、由伊は「どうして?」とたいそう不思議そうな顔をしていた。私が三年前に離婚した経歴を持つこと(つまりはそれが、私の精神が当時、病的な消耗状態にあった直接の原因だったわけだが)も、彼女は「ぜんぜん気にしない」と云ってくれた。

初めて彼女を抱いた夜、彼女は私の腕の中で驚くほどに乱れた。すでに男をよく知った身体であることは疑うべくもなかったが、私はべつに彼女の過去をあれこれ詮索(せんさく)

したいとは思わなかった。

「いいんだよ先生、食べちゃっても」

と云った、その夜の彼女の言葉を、今でも鮮明に憶えている。私が彼女の左手に口づけし、指先を一本一本くわえるようにして愛撫しながら、「食べてしまいたい」というような月並みな文句を囁きかけた――それに応えての言葉だった。

「いいんだよ、食べちゃっても」

と、彼女は繰り返した。

「本当に食べてしまったら、困るだろう」

「大丈夫」

彼女は私の髪を撫でながら云った。

「どうせすぐに生えてくるから」

変わった冗談だ、と思って、私は小さく笑った。しかし、彼女のほうは笑わなかった。腕を私の背中にまわし、びっくりするほどの力を込めて抱きしめ、そして大きな溜息をついていた。

私にはまだ、彼女のことがまるで分かっていなかったのである。

＊

「結婚」という言葉を最初に私が口にしたのは、由伊との恋愛関係が始まって半年余りが過ぎた頃だった。彼女は四年生になり、そろそろ卒業後の身の振り方を具体的に考えなければならない時期にさしかかっていた。

「結婚しようか」

と、私は努めて何気ない口振りで切り出した。

週末の夜。二人でドライヴがてらレストランへ食事に行った、その帰りの車中でのことだった。

「本気？」

彼女はハンドルを握る私に目を向けた。

「あたしのこと、何も知らないのに」

「知ってるさ」

私は澄ました顔で云った。

「K＊＊大学の文学部で国文学を専攻している女子学生。成績はまずまずってとこかな。今年の八月に二十二歳の誕生日を迎える。交際を始めて半年になる十七歳年上の恋人のことを、相変わらず『先生』と呼ぶ。頭痛持ちで不眠症気味で、よく食べるけれども太らない体質。美人だが、あまり料理は得意じゃない」

その先は、ことさらのように淡々とした調子で続けた。

「咲谷家の一人娘。物心つく前にお母さんを亡くした。お父さんは外科の医者で自分の医院を開業していたが、娘が高校へ上がった直後に亡くなった。その後は叔母さんの家に引き取られて……」

「それだけでしょ」

「他にもっとどんな知識が必要なのかな」

「たとえば……」

「たとえば？」

彼女はしばしためらったあと、

「これまで、どんな男の人とつきあったことがあるか、とか」

「興味ないな。僕が愛しているのは今の君であって、過去の君じゃない」

われながら、赤面してしまいそうな台詞（せりふ）ではあった。

「でも——でもね、ひょっとしたら先生が思ってもみないような秘密があるかもしれないよ、あたしには。結婚なんかしちゃったら、すごく後悔するかも」

「何だか脅かすような云い方だね」

「…………」

「結婚はしたくない？　まだそこまで考えたくないと？　それとも」

「違うよ。違う。そうじゃなくって」

口ごもる由伊の表情を横目で窺った。対向車のヘッドライトに照らされた彼女の顔には、気のせいだろうか、何かにひどく怯(おび)えているような翳(かげ)りがあった。

＊

「やっぱり話さないとね」

由伊がそう云いだしたのは、それから一週間ほど経ったある夜のことだった。

その日の彼女は、夕方に私の家へやって来た時から浮かない様子だった。どうしたのかと訊くと、「頭痛がひどくて」と云っていつもの薬を飲んでいた。私とつきあいはじめてから不眠のほうはだいぶ良くなったものの、頭痛には相変わらず悩まされており、月に一度くらいの割合で、薬を貰いに例の病院へ行っているらしかった。

二人で夕食を済ませた頃には痛みも治まったようで、そのあと彼女は珍しくいくらか酒を飲んだ。私はと云うと、医者の忠告に従ってずっとアルコールは断っていた。

どちらが誘ったというわけでもなく、それから私たちは寝室へ行き、愛し合った。

由伊は、いつにもまして激しく燃え上がった。攻め立てる私の身体にしがみつき、「助けて」と何度も繰り返していた。谷底へ墜落するような声を発して、二人は同時にはじけた。

心地好いけだるさと充足感に浸りながら、私は汗にまみれた由伊の額に口づけした。死んだように動かなくなっていた彼女は、すると急に目を開き、

「先生」

と唇を震わせた。そして、するりと私の腕から逃れて背中を向け、

「やっぱり話さないとね」

そう云いだしたのだった。

「やっぱり、先生には隠しておけない」

「何のことかな」

私は仰向けになり、ベッドサイドのテーブルから煙草を取り上げた。

「そう改まった調子で云われると……」

「あたしね」

毛布を抱き込むようにして身を丸め、彼女は細い、今にも途切れそうな声で云った。

「あたし——あたしのこの身体、呪われてるの」

何のことだか、私にはもちろんわけが分からなかった。

「呪われてるの。誰かが呪いをかけたの」

「呪いをかけた？　――誰が」

「知らない、そんなこと」

「知らないって……」

私は言葉に詰まった。「呪い」とはいったいどういう意味なのだろう。たとえば、何か遺伝的な問題を抱えているとでもいう話なのだろうか。それとも……。

考えあぐねる私の鼻先に、彼女はすっと左手の人差指を伸ばし、

「最初は、この指だった」

と云った。

「あたしが六歳の時――。もうお母さんは死んじゃってて、お手伝いさんが毎日うちに来て家事をしてくれてたの。でもあたし、自分でもお料理がしてみたくって、台所で……背が低かったから椅子の上に乗って、まないたと包丁を用意して、野菜か何かを切ろうとしたのね。そこへお父さんが来て、何してるんだ、って怖い声で……。あたしびっくりして、手許（てもと）が狂っちゃって、包丁でね、この指を切り落としちゃったの」

「切り落とした？」

私は驚いて、目の前に突きつけられた彼女の指を見た。桜色の小さな爪が付いた、細くてしなやかな指――。

由伊は「そう」と頷いて、

「第二関節から先を」

「しかし……」

指は、ここにある。切り落とされてなどいない。それらしき傷痕もないように見える。

「あの人は――お父さんはね、ひどい人だった」

戸惑う私をよそに、由伊は話を続けた。

「とっても怖くて、いつもぎらぎらした目であたしを見てた。あたしのことが嫌いだったの。憎んでいたんだと思う」

「一人娘の君を？」

「おまえは俺の娘じゃないって、そんなふうによく云われたわ。お母さんがどこの誰とも分からない男に犯されて産んだ子だ、って」

「そんな」

「本当なのかどうかは知らないよ。けど、あの人はそう云ってた。お酒を飲むとすぐに酔っ払って、家の物を壊したり、あたしに乱暴したり」

「お医者さんだったんだろう？」

「そんなだから、あんまりいい評判じゃなかったみたい」

由伊はさらに小さく身を丸め、

「指を切り落としたその時も、あの人はまず怒鳴りつけたわ。子供が刃物で遊ぶんじゃない、って。あたしは痛いのと流れ出てくる血が怖いのとで、大声で泣いてた。あの人は慰めてもくれなかったし、すぐに手当てをしてもくれなかった」

「切れた指は？」

私は訊いた。

「お父さんが縫合手術を？」

身を丸めたまま、彼女は「まさか」と呟いてかぶりを振った。

「傷口を消毒して止血しただけで、あとは放ったらかし」

「しかし、じゃあ……」

「不思議？　今こうして、ちゃんとその指があること」

「………」

「生えてきたの、これ」

と、彼女は云った。その声には、冗談や嘘を云っているような響きは微塵も感じられなかった。

「何日かするうちに傷口の肉が盛り上がってきて……それで、新しい人差指が生えてきたの。トカゲの尻尾みたいに。一ヵ月もした頃には、ちゃんと元の長さになって、元どおり爪も生えて」

　私は言葉を失った。くわえた煙草に火を点けることも忘れて、横を向いた彼女の背中を見つめていた。「冗談だろ」と笑おうとしたが、なぜかできなかった。

「信じてないでしょ、先生。信じられないよね。でも、嘘じゃないんだよ。ぜんぶ本当のこと」

　白い背がかすかに震えた。

「あたしの指が生えてきたのを知った時のお父さん、まるで狂ったみたいな目をして笑ったわ。そうか、おまえはそういう身体だったのか、って。新しい指をしげしげと見て、撫でまわして……唇を吊り上げて笑ってた。何だか悪魔みたいに見えた」

「…………」

「その次はね、あたしが小学校五年生の時だった。秋の遠足の時、バスが事故を起こしたの。トラックと衝突して、ぐちゃぐちゃになって、乗っていた子供が何人も死んだり怪我をしたり……そんな事故があって。

　あたしもひどい怪我をしたんだ。右腕の肘から先が、ぺしゃんこに押し潰されて。病院でも手の施しようがなくって、切断しなくちゃならなかったの。最近はいい義手があるから、って病院の先生は励ましてくれたんだけど」

　由伊の右腕は、しかしもちろん義手などではない。どこにも欠けたところのない美しい腕が、彼女にはちゃんと付いている。

私は煙草に火を点けてゆっくりとひと吹かしし、

「その腕も、新しいのが生えてきたと云うのかい」

と訊いた。由伊はすぐに「そうよ」と頷いた。

「ほら、見て」

そう云って、彼女は私のほうに身体の向きを変え、右腕をまっすぐに伸ばした。

「肘のまわりにうっすらと痕があるでしょ。色が違ってるみたいな感じで」

私は彼女の肘に目を寄せた。はっきりとは分からないが、そう云われてみれば、そんな痕があるようにも見える。

「三ヵ月ぐらいで、元に戻ったの。指もちゃんと五本、生え揃って」

由伊は腕を下ろし、毛布の下に潜り込ませた。

「それまでの間ずっと学校は休んでたから、変に思った人はあまりいなかったみたい」

「病院の医者は？　もしも本当にそんなことが起こったんだったら、それこそ大騒ぎしただろう」

「病院の先生には何も知らせなかったの。お父さんが、知らせちゃいけないって。誰にも知らせちゃいけない。おまえのその身体のことが世間に知れたら大ごとだ。さらしものになるぞ。実験動物みたいに切り刻まれるぞ……って。あたし怖くて、だから云われるとおりにしたわ」

「……………」

「その頃から、お父さんのあたしを見る目つきがだんだん変わってきた。ねちねちと、舐めまわすように見るの。お酒の量もどんどん増えてきて、いつもアルコール臭かった。そしてね、あたしの身体に触るの。いやらしい手つきで」

そして彼女の父は、こんなふうに云ったのだという。

この身体はわたしのものだ。この穢らわしい身体。この呪われた身体。この身体、この身体……。

憎々しげに、侮蔑するように、それでいて愛おしげに、讃えるように、彼女の父は云ったのだという。

いくら切っても生えてくる。この指も、この腕も、きっとこの足もだ。目玉を抉り取ってもイモリみたいに再生するだろう。穢らわしい身体だ。しかし素晴らしい。何とも素晴らしい身体じゃないか。え？　由伊。そうだろうが、由伊……。

「それから、中学二年の冬休み――」

由伊の話はまだ続いた。

「寒い夜だった。あたしがお料理をしていたところへお父さんが来て、しつこく身体を撫でまわすの。やめてって云って、あたし抵抗したんだけど、そこで、揚げ物をしていた油を引っくり返しちゃって。それであたしの足に――左の足にね、油がかかったの。

ひどい火傷になった。ものすごく熱くて、痛くて、真っ赤に腫れ上がって……」

火傷はいかん。いかんよ、由伊。醜い痕が残ったら大変だ。

そう口走りながら、彼女の父は、苦しむ娘を医院の手術室へ運んでいったのだという。そうしてそこで行なわれたこと――それは、火傷を負った足の切断手術だった。

麻酔から覚めた彼女は、朦朧とした意識で、自分の左足の膝から下がなくなっている事実を知ったのだった。

「しばらくは高熱が出て、危険な状態だったっていうわ。それが治まっても、あたしはずっとベッドに寝たままで、薬が切れると痛くて……足がないから自分でトイレにも行けなかった。

切られた足はね、腕の時よりも時間がかかったけど、ちゃんとまた生えてきたの。だけどそれまでの何ヵ月間かは、本当に地獄みたいな毎日だった」

その間、彼女の父は夜ごとのように彼女を犯したのだという。片足を失い、薬漬けにされた彼女には、その忌まわしい暴力を拒むすべがなかった。されるがままに、何度も何度も……。

「誰にも相談なんてできなかった。助けてくれる人なんていなかった」

いつしか由伊の声は、涙まじりのかぼそい呟きになっていた。

「足が元に戻ってからは、逃げたり抵抗したりしたのよ。けどね、お父さん、今度はどこを切ってほしい？　って云って脅かすの。だからあたし……」

超人的な再生能力を持つ自分の娘の肉体を切り刻み、犯す父親。

そのとんでもない光景を想像して、私は戦慄せざるをえなかった。が、しかし——。

いったい彼女のこの話を、どこまで本気で受け止めれば良いのか。大いに困惑したのはもちろんのことである。

「お父さんが死んだのは、どうして」

私のその質問に、由伊は細かく肩をわななかせた。

「あたしが、殺したの」

ふたたび私に背を向け、彼女は消え入るような声で云った。

「高校に上がった年の春、だった。酔って襲いかかってくるお父さんを、階段の上から突き飛ばして……。事故だって、嘘をついたわ。警察の人も、叔母さんたちも、誰もそれを疑わなかった」

息を止めるようにして言葉を切る。洟を啜り上げる音が小さく聞こえた。

「呪われた身体だってお父さんが云ったの、本当にそうだと思う。こんなの、人間じゃない。化物よ。どこを切っても生えてくる。生えてくるのよ。トカゲやイモリみたいに。首を切り落としたとしても、きっと新しいのが生えてくるわ」

「…………」

「嫌いになった？　なったよね。それとも先生、ぜんぜん信じてくれない？」

私は返答をためらった。

酒が入ってもいないのに、深酔いでもしているように頭がくらくらしてきていた。

由伊が、おずおずとこちらに身を向けて目を上げた。その茶色い瞳を見つめながら、唇を舌先で湿しながら、ねっとりとした唾を何度も呑み込んだ。

やがて私はゆっくりと頷いていた。

そんな莫迦げたことが、という気持ちは強くあった。あまりにも唐突で、現実離れしすぎた話だった。けれども――。

信じよう、とその時、私は思ったのだ。

信じよう、信じることにしよう、と。

そうしてなおかつ、私は彼女を愛しつづけよう。彼女の語ったのが現実の出来事なのかどうか、それは問題の本質ではない。たとえ彼女の心が何らかの狂気を孕んでいて、今の話はすべてそれが産み出した妄想なのだとしても……そういった歪みを全部ひっくるめて、私は彼女を愛そう。愛しつづけよう。

「祝福だよ」

と、私は云った。

「シュクフク？」

「人並み外れた再生の力を与えられた——それは呪いじゃなくて、祝福だろう。呪われていたのは君じゃなくて、君のお父さんの心のほうだ」

奇異なものでも見るように、由伊は小首を傾げた。瞳にかすかな光が滲み、揺れた。

震える白い肩を抱き寄せながら、

「結婚しよう、由伊」

改めて私はそう云った。

＊

その年の秋、私たちは由伊の卒業を待たずに結婚した。

私のほうが再婚だということもあって、式だの披露宴だのはいっさい行なわなかった。由伊もべつにそれを望まなかった。籍だけを入れ、そのあと私たちは、隣県の山間部にある私の別荘で二人だけの一週間を過ごした。

この別荘は、死んだ私の父が晩年に建てたものである。かなり古くなってきてはいるけれども、欧州の山小屋風に造られた洒落た建物で、まとまった論文を書く時や独りきりになりたい時にやって来る、云ってみれば私のお気に入りの〝隠れ家〟だった。別れた前の妻をここに連れてきたことは、一度もない。

入籍に先立って、私は由伊の郷里の町へ赴いた。高校時代からの保護者である、由伊の母方の叔母に会うためだ。

彼女は存外にあっさりと私たちの結婚を認め、祝福してくれた。が、内心どのように思っていたのか、私には分からない。そもそも彼女が姪に対してどういった感情を持っているのか、その時の彼女の態度からは判断できなかったし、由伊の口からそれが語られることもなかった。また、そこで由伊の亡父に関する話題が出ることはなく、私のほうもしいて訊こうとはしなかった。

このように、何かにつけ〝世間並み〟からは懸け離れた結婚だったが、それでも私たちは充分に幸せだったのである。少なくとも、そう、その年――まだ去年のことなのか――いっぱいは。

＊

年が明けた頃から、由伊は以前よりも頻繁に頭痛を訴えるようになった。それと並行して、眩暈(めまい)や耳鳴りなどの不調もしばしば訴えるようになった。

薬を貰いにいくだけではなくて、一度きちんと検査を受けたらどうか、と私は云ったのだが、彼女は生返事をするばかりでなかなか従おうとはしなかった。それはもしかすると、詳しい検査によって万が一、自分の特異な体質のことが知られたら……と恐れたからなのかもしれない。

一月の中旬、彼女はぶじ卒業論文の提出を終えたのだが、その頃から今度は、やたらとよくものを忘れるようになった。財布や鍵(かぎ)がないと云って大騒ぎしたり、夕食が終わってしばらくしてから、今日の夕食は何にしようかと云いだしてみたり……と。

初めのうち、私はさして気に懸けてもいなかったのだけれど、日を追うにつれてその程度がひどくなってくる。

これはどうも変だと思いはじめていた――あれは、二月下旬のある日のことだった。

「どうしてよ。何で?」

その朝――確か日曜日だったと思う――、私は由伊のそんな声で目を覚ました。

「誰?」

横にいる私の顔を、彼女は怯えたような目つきで見ていた。

「誰なの、あなた」

私はもちろんわけが分からず、寝ぼけ眼(まなこ)をこすった。

「どうした、由伊」

「誰なの」

彼女はベッドから出て、部屋の隅へとあとじさっていった。

「何なのよ、いったい」

「由伊?」

私はようやく、彼女の状態が尋常ではないことに気づいた。こちらを見つめる目は、真剣に何かを恐れているふうだ。寝とぼけたりふざけたりしている様子ではない。

「僕だよ、由伊。どうしたっていうんだい」

「誰、あなた」

髪を振り乱して、彼女は大きくかぶりを振った。頬が蒼ざめ、こわばっている。

「どうして? あなたがここにいるはずなんて……」

「由伊」

私は起き上がり、声を強くした。

「何を云ってるんだ。僕だよ。分からないのかい、由伊」

「……あ」

そこでやっと、彼女の緊張が解けたのだった。放心したような表情でおろおろと視線をさまよわせたあと、つづけている。

「ああ、先生」

そう云って私の顔を見直した。結婚してからも彼女は、私のことを「先生」と呼び
「あたし……」

膝を床に落とし、彼女は両手をこめかみのあたりに当てた。

「何だろう。どうしちゃったのかな、あたし」

「由伊」

私は彼女に歩み寄り、華奢なその身体を抱きしめた。

「最近、変なの。何だかあたし、ときどき自分が何を考えてるのか分からなくなって」

由伊は私の胸に額をこすりつけた。

「頭の中身がね、何か真っ黒な穴に吸い込まれていくみたいな……」

「大丈夫。大丈夫だよ、由伊」

乱れた髪を撫でながら、私は子供をあやすようにそう繰り返すしかなかった。

＊

萩尾に電話で相談してみたところ、彼はすぐにでも病院へ来て検査をしたほうがい

いと云った。

物を置き忘れたり何度も同じことを訊いたりする、その程度ならば誰にでもある健忘だが、自分の夫の顔を見て何者だか分からないというのは問題だ。単純なヒステリーの一症状だとも考えられるが、それまでに眩暈や耳鳴りの症状が長く続いているというのがどうも気になる、と云うのである。

由伊はやはり気が進まないふうだったが、それを説得して病院へ連れていった。そうして受けさせた精密検査の結果——。

クロイツフェルト・ヤコブ病。

耳慣れぬそんな病名を聞いて、私は最初、どのように反応すればいいのか分からなかった。だが、その診断を告げた萩尾の口調や表情から、それが決して気軽に口にできるような種類の病気ではないことを察するのは容易だった。

「CTを撮ってみて分かった」

萩尾は険しい顔で説明した。

「大脳と小脳に見られる特徴的な海綿状態、そしてグリオーシス。脳波にもそれらしき徴候がある」

「まずい病気なのか」

「百万人に一人っていう奇病だよ。普通は四十代以降にかかる病気なんだが」

「四十代？　由伊はまだ二十二だぞ。それが何で」

「分からん。そんな前例はほとんどないのかもしれないが」

　萩尾は憮然（ぶぜん）と首を振り、

「だいたい原因がまだはっきりしていない病気なんだ。今のところ有力な説は、いわゆるスローウィルスの感染症であるという……」

「どうなるんだ」

　私はわれ知らず身を乗り出し、声を荒らげていた。

「治るのか。治療法は？　薬、手術、それとも」

「落ち着けよ、宇城。気持ちは分かるが、ここでおまえが取り乱したらおしまいだろう」

「ああ……」

　私は大きく息を吸った。萩尾は苦々しげに眉を寄せながら、

「可哀想（かわいそう）だが、根本的な治療法はない」

　と非情な宣告を下した。

「治る可能性はないってことか」

「そうだ。病気の進行もかなり速い。これからもっと痴呆（ちほう）化が進んで、おそらく一年以内には……」

「死ぬ、と？」

萩尾は私の顔から目をそらし、ゆっくりと頷いた。これが、今年の三月初めのことだった。

*

診断された病名を私は本人には伝えず、ただ、だいぶ神経がまいっているらしいからしばらく安静にしているように、とだけ告げた。四月から由伊は、私の紹介で大学付属の研究所に事務員として勤める運びになっていたのだが、身体の不調を理由にそれも行かせないことにした。

萩尾によれば、興奮状態にある時には向精神薬を、眠れない時には入眠薬を、といった対症療法を続けるしか打つ手はないという。私にはその言葉に従うしか能がなかった。

春になり、由伊の病状は目に見えて悪化していった。

記憶の障害は、ここはどこなのか、今はいつなのか、といった基本的なところにまで及びはじめた。私の顔や名前を思い出せなくなることもしばしばあり、そんな時は途方に暮れて泣きだしたり、仮面のような無表情になったりした。唐突に怒りだしたかと思うと、わけもなく大声で笑いだしたり喚き散らしたりすることもあった。

やがて彼女の脳は、現在に近い部分から順に、さまざまな記憶を完全に失っていくのだろう。思考能力や認識能力も低下し、満足に言葉が操れなくなり、歩行や排泄すらもままならなくなり、そして……。

そういった未来を想像すると、私の気までもがおかしくなってしまいそうだった。

高さも幅も測り知れぬ巨大な黒い壁が、目の前に立ち塞がっている。そんなイメージがあった。つらいとか悲しいとかいう感情を超えた、それは自分を取り巻くこの世界そのものへの絶望の象徴だった。

いつしか私は、断っていた酒に手を伸ばすようになった。しらふの状態で現実を受け止めることがとてもできなかったから。――唾を吐きかけて踏みつけてやりたいほどに、私は弱く卑怯な男だった。

夏が過ぎ、秋が来た。

病は確実に由伊の脳を蝕み、私は確実に二年前のアルコール依存症へと逆戻りしていった。大学の講義は休講が増え、教授会や研究会にもほとんど出席せず、家に閉じこもっていることが多くなった。

萩尾は由伊を入院させるよう勧めたが、私は頑として拒んだ。彼女をずっと自分のそばに置いておきたかったからだ。他人の目に触れさせたくなかったからだ。それはおまえのエゴだろう、と萩尾は云った。確かにそのとおりかもしれない。しかし、エゴだろうと何だろうとかまうものか……。

「あの別荘へ行きたい」

十月も下旬のある日、由伊がそんなふうに云いだした。

痴呆化が進む中で、彼女は時として断片的な記憶を取り戻し、正気に戻ったかのように見えることがある。その時の彼女は、蒼ざめ窶(やつ)れた頬にふと、ぞくりとするほどに美しい笑みをたたえ、私の顔をじっと見つめて云ったのだった。

「あの山の中のおうちに……ね、行きましょ、先生」

そして私たちは、ここに――結婚直後の一週間、この上なく幸せな時間を分かち合ったこの別荘に――やって来たのだった。

別荘に到着した夜の由伊は、どこかしら普段とは様子が違っていた。

夕食のあとしばらく居間のソファでぼんやりしていたかと思うと、いきなり山猫のように目を光らせ、私を求めてきた。私はうろたえつつも、それに応えた。

その時の彼女の乱れ方は、怖くなるほどに激しく、何やら獣じみてすらいた。私は彼女の病のことも忘れ、狂ったように白い肉体をむさぼった。

「助けて。ああ、助けて……」

加速度をつけて昇りつめていく途上で、彼女は私の背中に爪を立てて喘(あえ)ぎながら、

「……切って」

不意に、そんな言葉を口走った。

「切って。指を、噛み切って」

私は驚いて彼女の顔を見た。眉間に深く皺を寄せ、強く目を閉じ……苦痛とも快楽ともつかぬ表情で、彼女はさらに言葉を続けた。

「腕を切って。足も切って」

「由伊」

「ああ、早くして。……お父さん」

「何？」

冷水を浴びせられたような気分で、私は動きを止めた。

「何と云った、今」

私の声に、由伊はうっすらと目を開けた。

「いま何と云った、由伊」

私は詰問口調で繰り返した。

「何と云った。お父さん、とそう云わなかったか」

「…………」

「どうしてそんな」

するとたん、由伊はくつくつと笑いはじめたのだ。

呆然とする私の目の前で、そのどこか調子の狂った笑い声は、だんだんと大きく膨れ上がっていった。耳を塞ぎたくなるような、ガラスを爪で引っ掻く音にも似た、それは異様な哄笑だった。

ひとしきり笑いつづけたあと、彼女ははあはあと胸を上下させながら、

「いいこと教えてあげる」

と云った。

「どうしてあの日、あたしが病院で声をかけたのか知ってる?」

まるで突然、その心に邪悪な怪物が乗り移ってしまったかのような、刺々しい毒に満ちた笑みが唇に浮かんでいた。私は彼女の身体から離れ、

「どうしてって」

と、声を詰まらせた。

「先生のファンだった、なんて嘘。いつもいちばん前で講義を聴いていた、なんていうのも嘘」

微妙に抑揚の狂った話しぶりだった。

「先生の顔を近くで見たのは、あの日が初めてだった。あの日、あの待合室で。看護婦さんが『宇城さん』って名前を呼んだから、だからね、社会学の宇城先生かもしれ

ないって思ったの。珍しい名前でしょ、だから」

彼女がそんなに理路整然と話をするのは、おそらくこの夏以降、初めてのことだったのではないかと思う。

「じゃあ、なぜ」

問いかけながら私は、あの待合室で私の顔をじっと見ていた彼女の様子を思い出した。妙に熱っぽい眼差し、驚いたような表情――あれは……。

「似てたから」

由伊は悪魔じみた笑みを頰に広げた。

「先生の顔が、すごく似てたからよ。――お父さんに」

*

その後の出来事はすべて、深い酔いの中での記憶としてしか残っていない。

私は浴びるように酒を飲みつづけた。由伊に取り憑(つ)いた悪魔は去り、二度と戻ってくることはなかったが、代わりに彼女はもうほとんど口を利かなくなった。忌まわしいあの〝告白〟によって、魂(たましい)のすべてを吐き出してしまったかのように。

完全に表情をなくし、動きもそれまでよりいっそう鈍くなり、当然ながら最初の夜のように私を求めることもなくなった。

彼女を寝室に置き去りにして、私は居間で独り、暖炉に入れた火を眺めながら酒を飲みつづけた。時間の流れ方は、無数の小さな虫が私たちの心と身体を内側から喰い荒らしていく光景を想起させた。

*

事件が起こったのは、別荘に来て四日めの深夜だった。どろどろに酔い潰れ、居間のソファで眠っていた私は、とつぜん部屋の空気を震わせた異音で目を覚ました。

その時すでに、ことは起こってしまったあとだった。

汚れたパジャマを着た由伊の身体が、暖炉の前に横たわっていた。火の消えかけた暖炉の中に頭を突っ込むようにして、うつぶせに倒れている。髪の毛が焼け、強い異臭を発していた。ちろちろと赤い舌を出しながら、今にも火がパジャマに燃え移ろうとしているのが見えた。

「由伊っ！」

私はソファから跳び起き、もつれる足で彼女に駆け寄った。

空のウィスキー壜が、倒れ伏した彼女の足許に転がっていた。この壜に足を取られて、暖炉に突っ込んでしまったのか。いや、それとも……。

暖炉から由伊の頭を引きずり出すと、パジャマを焦がす火の粉を払った。テーブルに置いてあった水差しを取り上げ、中の水を全部ふりかける。

由伊は気を失っているようだった。

弱々しい呻(うめ)き声が喉(のど)から洩(も)れる。手足が細かく痙攣(けいれん)する。

私は彼女の身体を仰向けに返した。髪はすっかり焼け焦げ、顔は灰にまみれて赤黒く腫れ上がっている。かつて私の胸をときめかせた妖精のような美しさは、そこにはもはや見る影もなかった。

「由伊」

声をかけても反応はなかった。

「ああ、由伊……」

手当てをしようという気力もなく、私は崩れるようにしてその場に腰を落とした。

彼女の手を握りしめ、彼女の名を繰り返し呼びながら泣いた。いくら呼んでもしかし、彼女は何も応えてはくれなかった。

アルコールに侵された私の頭に、その時ふと浮かんだ言葉――。

「首を切り落としたとしても、きっと新しいのが生えてくるわ」

それは結婚の前、由伊が自分の過去を打ち明けた時に口にした台詞だった。

首を切り落としても、新しいのが生えてくる。――新しい首が生えてくる。

「火傷はだめだ。だめだよ、由伊」

私は譫言のように口走っていた。

「由伊……。呪いじゃない。そうだ。君の身体は祝福されているんだよ」

どうして今まで思いつかなかったのだろうか――と、痺れた頭の中で呟いた。

そうだ。彼女のこの身体は普通の身体ではない。祝福された、特別な身体なのだ。首を切り落としたとしても、すぐに新しい首が生えてくる。――そうだ。そうだとも。新しい無傷の首が、胴体から生えてくるのだ。

私は由伊を抱き上げ、浴室に向かった。

彼女を脱衣所の床に寝かせておいて、階段の下の物置へと走る。目的は、そこにしまってある工具箱の中の鋸だった。

脱衣所で由伊を全裸にし、浴室の中に運び込んだ。真っ白な美しい肌と火傷を負った首から上との対比は、あまりにもおぞましく無惨で、私に行動を急がせた。

その時点で、由伊の心臓がまだ動いていたことは確かである。鋸の刃が頸部の動脈を切った時に噴き出した血の勢いが、それを物語っていた。

首の切断によって、彼女の生命はいったん活動を停止するかもしれない。だが、やがて傷口から新たな頭部が生えてくる。忌まわしい病に冒されていない健康な脳を持った、新たな頭部が。

私はそう信じて疑わなかった。

再生した大脳はおそらく、これまでの記憶をまったく失ってしまっていることだろう。しかし、よしそうであったとしても、私が空っぽのその脳に新たな記憶を与えてやれば良いのだ。

彼女が誰なのか、私は何者なのか。私たちはどのようにして出会ったのか。いかに私が彼女を愛しているか、そして彼女がいかに私を愛していたのか。それらをすべて、私が彼女にしっかりと教えてやろう……。

飛び散る血と脂にまみれつつ、私は由伊の首を切断した。

身体をきれいに洗い清めると、居間に運び、白いドレスを着せて揺り椅子に坐らせた。切り落とした頭部は考えた末、庭に埋めてやることにした。

＊＊＊

そして、今……。

あの夜からどれだけの時間が過ぎたのか、私にはよく分からない。数日、それとも数週間。あるいはもう何ヵ月も経っているのかもしれない。

外では激しく冷たい雨が降っている。この雨がいつから降りはじめたのか、どのくらいのあいだ降りつづいているのかも、私にはよく分からない。

時の流れが歪んで感じられる。いつまでもこの冬が続き、雨は大地を打ちつづけるように思える。私たちを包み込んだ世界は、そうして果てしもなく冷えていく、果てしもなく閉じていく。そんな気もする。

私は待ちつづける。飲んだくれ、揺り椅子に坐った由伊に話しかける。けれど彼女は、やはり何も応えてはくれない。

まだなのか。

まだ、新しい首は生えてきてくれないのか……。

暖炉の火が消えかけている。くべる薪もそろそろ尽きてきた。

空になりかけたウィスキー壜を傾け、最後の一滴まで喉に流し込む。壜を放り出し、絨毯の上を這い進み、私は由伊の足にすがりつく。

「由伊……」

ああ、由伊。まだ元に戻ってはくれないのか。早く蘇っておくれ。私をこれ以上、独りにしないでくれ。この冷たい世界に置き去りにしないでくれ……。

足首を握りしめ、頬を擦り寄せる。しかしその肌には、かつてのような温もりや弾力はまったくないのだった。

じゅっ、と肉から皮が剝がれる音がする。青みを帯びた土気色の皮膚が破れ、濁った汁が滲み出す。

部屋には嫌な臭いが立ち込めている。

これは、腐臭だ。

由伊の身体が――肉が、内臓が、腐っていく臭いだ。

私はのろのろと立ち上がり、首の切断面を覗き込む。どす黒い血の塊がこびりついた、醜い傷口。――何の変化もない。何の兆しも見られない。

「だめなのか、由伊」

私は頭を抱え込む。

「だめだったのか、由伊」

呪われた身体。祝福された身体。どこを切っても生えてくる……。

あれは嘘だったのか。さもなくば、あの時すでに病に冒されはじめていたのかもしれない彼女の精神が産み出した、ありうべくもない妄想だったのか。

ふたたび彼女の足許にうずくまり、身悶えしながら嗚咽を洩らす私の耳に、その時――。

「……あああ」

外で降りつづく雨の音に交じって、そんな声が聞こえてきた。

「ああああああ……」

私の心にはその時、それが何なのかをゆっくり考えてみる力も残ってはいなかった。

ふらりと身を起こし、その不気味な声に引かれるようにして玄関へ向かった。

「ああああ……」

扉の外から響いてくる。赤ん坊が泣く声のようにも、何か小さな獣が鳴く声のようにも聞こえる。罅割れた、甲高い声。いったいこれは……。

私は恐る恐る扉を開いた。そして、そこに見た奇怪なもの。

それが果たして、アルコール漬けになった自分の脳が見せる幻覚なのか、それとも現実の存在なのか、あまりのことに私には判断がつかなかった。

そこには、由伊がいた。

焼け爛れた由伊の顔。雨に濡れ、泥まみれになった由伊の顔。その口が裂けるように開き、異様な声を発しているのだった。

何が起こったのかを、私はようやく理解した。

首を切り落としたとしても、きっと新しいのが生えてくるわ。——彼女のあの言葉は正しかったのだ。

私が鋸で切断した首の傷口から今、胎児のような胴体が生えている。その小さくいびつな胴体からはさらに、二本の腕と足が生えようとしている。

こちらが再生の本体だった。――そういうことなのか。

悚然と佇む私の姿を彼女の虚ろな目が捉え、爛れた唇が「先生」と動いた。私は震える手を伸ばし、彼女を抱き上げた。

夢の島クルーズ

鈴木光司

榎吉正幸はマストに背をもたせかけ、バウハッチに両足を投げ出していた。その格好はいかにも投げやりで、デッキ上の居住空間でもあるコックピットへわざと背を向けているようにも見える。メインセイルとジブセイルが張られた状態では、方向転換の際の邪魔になり、バウハッチの上に居座ることはできない。だが、今、二十五フィートの小型ヨットは、東京湾の中の東京湾ともいえる、埋立地に囲まれた水路を船外機の力で航行していた。全ての帆は下ろされている。マストに帆を張ったまま、交通量の多いこの海域を航行することは他船の迷惑にもなり、事実上禁止されていた。

帆を下ろすための正当な理由ができ、さぞほっとしているだろうと、榎吉は、ヨットのオーナーである牛島夫婦の心中を推しはかる。まだ経験の浅い牛島は、風を自由に操るとはほど遠い状態で、はたから見ていてもどかしいばかり。初めてヨットに乗る榎吉にもはっきりとわかる程、彼の操船技術は未熟だった。牛島は、風の方向を読み切れないのか、おどおどとした表情でシートを引いたり緩めたり、コックピットで小刻みに身体を動かしてばかりいた。風上を見やり、「変だな」と首をかしげる仕草からも、イメージ通りヨットが航行していないのは一目瞭然、ヨットのよろめき具合というより、牛島の表情を見ていて、榎吉は無事マリーナに戻れるだろうかと、幾度となく不安に襲われたものだ。

だが、その牛島は今、すぐ後ろのコックピットでティラーと呼ばれる舵棒を握っている。九馬力の船外機で航行するぶんには、操舵手の意思は的確にヨットに伝わっていく。ヨットは、中央防波堤埋立地と有明フェリー埠頭の間を、白い航跡を残して静かに横切っていた。若洲海浜公園の突端を回り込み、荒川を少し上れば、夢の島マリーナに戻り着くことができる。安定した航行にすっかり自信を取り戻し、牛島は片足をベンチに乗せ、気取った格好でティラーを握っていた。牛島の妻、美奈子は下のキャビンで、飲み物でも漁っているのだろう、デッキ上に姿は見えない。会話のないこの静けさが、榎吉には有り難かった。

榎吉は腕時計に目をやった。午後六時ちょっと前。東京湾の深奥を舐めるように巡るクルーズは、夕方までに航海を終えて夢の島マリーナに戻る予定だった。

太陽は西の地平に沈みつつある。これが外洋であれば、遮蔽物ひとつない水平線を染める夕焼けを拝めたであろうが、外洋に出るだけのテクニックも度胸も持ち合わせない素人船長ゆえ、見られる風景は埠頭からのものとそう変わりない。臨海副都心の開発地区に建築中の超高層ビル群が、埋立地のゴミを養分にして伸びる竹の子のように、西の空に数棟浮かび上がっている。黒い鉄骨の節々を、夕暮れの薄靄が包み込もうとしていた。シルエットは、朱色を背景に黒く際立っている。日曜日で、工事は休みのはずなのに、どこからともなくドーンドーンと地響きのような音が聞こえ、そのたびに榎吉の不安感は大きくなっていった。理由のない不安感、なぜこんな気持ちになるのか見当もつかない。海の底のほうから響いてくる音が、船底を突き上げ、さらに内臓を刺激するせいなのだろうか。

美奈子がキャビンから出てくると、夕日と反対の方向を指し示し、年に似合わない嬌声（きょうせい）を上げた。

「ねえ、見て！」

そのとき、美奈子にちなんでつけられた小型ヨット「ＭＩＮＡＫＯ」号は、若洲海浜公園の突端を回り込もうとしていた。突端をかわすと同時に、まっすぐ前方にディズニーランドが見えてくる。ちょうど、あちこちに明かりが点（とも）り始める頃だった。美奈子は、ディズニーランドと、その海側に立ち並ぶホテル群の明かりを指差し、「見て、見て」と子供じみた声を上げている。無邪気さというより、他人をも巻き込まんとする強引さが声に含まれていて、榎吉はチラッと反応しただけで顔を元に戻し、知らん顔を決め込んだ。

「榎吉さん、そんなところでぼうっとしてないで、こっちに来てビールでもいかが？」

榎吉はマストを抱きながら振り返った。美奈子は手に缶ビールを持ち、軽くかかげている。

「はあ……」

まず曖昧な返事を返してから、さてどうしようかと榎吉は考える。はっきり拒絶できないのが、自分でももどかしい。船上で唯一隔離されたこの場所を守り通し、愚にもつかないお喋りの相手にならないでいるか、それともビールにありついた上で延々と『勧誘』を浴びるのか。確かに喉は渇いている。ビールは魅力だった。

榎吉はマストとブームに手を添え、這うようにしてコックピットに移動し、美奈子からビールを受け取った。

「あ、どうも、いただきます」

軽く頭を下げて受け取ると、榎吉は幾分乱暴にプルリングを引き上げ、喉に流し込む。よく冷えていて実にうまい。榎吉の顔に満足気な表情が浮かぶのを見計らって、美奈子は言った。

「どう、すばらしいと思わない？」

とたんにビールの味が落ちていく。今日一日で何回聞かされたセリフだろう。一方的に相手におしつける口調で、「どう、すばらしいと思わない？」

「はあ」

榎吉は話を転じようとして、別の話題を捜したが見つからない。ヨットにいる三人には共通の話題など何もなかった。榎吉自身、牛島と会うのはこれで三回目だし、美奈子に至っては今朝が初対面だった。

「君だって、手に入れることができる」

しばらく無口だった牛島が口を開いた。榎吉は黙っていた。もう一度帆を張ればいい。帆を張りさえすれば、ジブセイルとメインセイルの扱いにてんやわんやで、悠長に話しかけている余裕はなくなる。だが、夕凪（ゆうなぎ）の穏やかな海を船外機で航行するぶんには、ビール片手にティラーを握っていさえすればいいのだから楽なものだ。


ちょうど二ヶ月前、七月の初めに、榎吉は高校の同窓会で牛島と出会った。同窓会といっても、全OBが出席する数百人規模のもので、毎年同じ時期に開かれている。卒業以来十年間、榎吉は一度も会に参加したことはなかったのだが、偶然に週末のスケジュールが空いてしまい、飛び込みで参加することにしたのだ。来てみると、同級生の知った顔にはなかなか出会えず、懐かしい友人の顔を捜して榎吉は会場をうろうろと歩き回ってばかりいた。ちょうどそんな折、榎吉と牛島は言葉を交わす機会を持ち、互いに名刺を交換した。牛島は榎吉の七年先輩で、名刺の肩書きには『農林水産省』とあった。一ヶ月後、榎吉は牛島から飲みに誘われ、その席で、今日のヨットの遊びに誘われたのだった。

今から思えば、最初から魂胆を疑ってかかるべきだった。何年かぶりで旧友から電話を受け、会ってみると、実は勧誘なりセールスであった経験が榎吉には何度かある。同じ高校の卒業生とはいえ、初対面の人間を誘い出すからには、なんらかの思惑があって当然なのだ。学生ならともかく、社会人になってからの付き合いには、どうしても利害関係が絡んでくる。

「君の欲しいもの、手に入れたいものを、まず胸にイメージしてみるんだ」

牛島の顔は榎吉のすぐ間近にあり、彼の声は耳のうしろのほうから聞こえた。夕暮れの弱い日差しを受け、牛島の額には年相応の皺が刻まれているのがわかる。顔を下に向ければ、頭頂の髪の薄さもかなり目立っている。最初のうち年より若いと見えていた人間の顔が、急に老け込んだような印象を受けた。

「君の欲しいのは何だい？」

牛島が期待する答えが、ヨットやベンツ等、大金で手に入るものであるのは間違いない。だから、そうではないものを榎吉は選んだ。何でもいい、とにかく金では手に入らないもの……。

「欲しいものといえば、そうですね、さしあたって子供、かな」

榎吉は結婚してなかったし、今のところその予定もない。しかも、独身であることは、牛島に話してある。

牛島夫婦は「えっ」と顔を見合わせた。

「あなた、結婚してらっしゃるの？」

美奈子は、両目を大きく見開いたかと思うと、その目を夫に向け、徐々に険しくさせていった。ちょっと、話が違うじゃない。目はそう語っている。

「独身だと、君は言わなかったか」

牛島はムッとして、下から榎吉の顔を覗き込んだ。

「ええ、独身ですよ。でも、同棲中の彼女がいまして、彼女に子供ができれば、結婚へのふんぎりがつくだろうと……。ま、そんなわけです」

嘘だった。榎吉に同棲中の女性はいない。罪のない嘘であっても、榎吉は自己嫌悪にかられた。断固として拒絶できない自分が情け無く、大人になり切れない子供のように思えてくる。できることといえば、辻褄の合わない話をせいぜい並べたて、相手が悟るのを待つぐらいのものだ。

やる気のないことを早く悟ってくれという願いも空しく、美奈子は「嘘」をたぐり寄せようとする。

「仮に子供ができ、結婚したとしてよ、結婚費用や住居費はどうするの、子供を育て上げるのに、一体いくらお金がかかると思ってるの」

牛島夫婦に子供はなかった。にもかかわらず、彼らは交替で、榎吉に説いて聞かせる。サラリーマンとして得られる収入だけでは、妻子を養うに十分ではないこと。そうして、そんなかつかつの生活をしていては、夢を実現するチャンスは永久に訪れないこと……。

牛島夫婦が誘い込もうとしている外資系マルチ商法の組織が、決して法に触れるものでないことを、榎吉はよく知っていた。無店舗販売によって浮いたコストを販売員に還元するというシステムは、確かに合理的ではある。販売員はピラミッド型の階級に組織され、上にいくほど販売成績に伴うボーナスは高額になる。牛島夫婦は下から三つ目のランクにいるらしく、あともう一息で上のランクに上がれるらしかった。しかし、そのためには強引に仲間を増やさなければならない。熱心に活動し、本社で製造される製品を売りさばいてくれる人間を傘下に入れ、優秀な販売員として育て上げなければ、ランクが上がっていかないのだ。車のセールスマンである榎吉は、販売に関するノウハウを既に心得ているに違いなく、しかも本社の製造する製品にはカーケア製品も含まれているため、見事牛島夫婦のお眼鏡に適ってしまったらしい。

ランクが上がれば収入は増え、年収二千万三千万を稼ぎ出すのも不可能ではない。現在、牛島夫婦は公務員としての給料の約二倍の収入をこの商法から得ているという。ヨットを維持できるのも、もちろんそのためだ。ヨットは、彼らの商売にとって必要欠くべからざる小道具だった。勧誘しようとするターゲットを一旦(いったん)海に連れ出せば、逃げられる心配もなく存分に説得できるし、夢の実現の証拠であるヨットを見せびらかすこともできる。彼らにとって、ヨット遊びは商品販売のためのホームパーティと同じなのだ。

「イメージすることが大切なんだ。胸に強くイメージした夢は、結局現実のものとなるんだよ」

牛島は熱弁を振るっているが、榎吉は聞き流していた。榎吉にはまったく興味のない世界だった。金儲けに興味がないというのではない。人間関係を崩してまで、金儲けをしたくないだけだ。販売員のランクを上げ高収入を追求していけば、その結果どうなるか、榎吉にはある程度予測がつく。宗教団体のように、同じ考え方、同じ目的、同じ理想を持った仲間内でまとまり、その輪から離れられなくなる……。漠然と、そう思われるのだ。

現に、牛島夫婦のリアクションには不満や苛立ちがあからさまになり始めた。これだけ言ってもわからない人間は愚か者だと、一段低い人間として榎吉を見做し、想像力のなさを決めてかかる。さしたる夢も抱かず、ただ生きるに汲々と人生を終えていく哀れな奴と、得意のイメージ力で人の将来をも予言してかかる。

榎吉は反論する気にもならなかった。確かに、一介のセールスマンで一生を終える公算は大きい。だからといって、それでいいじゃないかと、この夫婦に言ったところでどうにもなるものではない。疲れるだけだ。ただ、榎吉は早くヨットを降りたかった。海の上という不安定な状況にも、他人のヨットという居心地の悪さにも、もう耐え切れなかった。不慣れな状況のせいで、へりくだり、卑屈になっている自分にも、すっかり嫌気が差していたのだ。

ヨットは、南北に細長い若洲ゴルフリンクスに沿って、東側の沖合百メートルばかりを北へ北へと進んでいた。荒川湾岸橋まではあと二、三キロ、橋を渡り終えれば夢の島マリーナの入口が現れる。もう少しの我慢だった。ヨットを降り、別れてしまえば、それで一切終わりだった。二度とこの夫婦と会うつもりはない。

だが、早く早くという榎吉の願いも空しく、「MINAKO」号のエンジンは息を切らすようにして止まってしまった。停止の仕方の異常さに、牛島は会話を中断してごくりと唾を飲み、船外機の上へ首を伸ばす。

「変だな」

榎吉は、無意識のうちに腕時計に目をやっていた。午後六時二十七分、それがヨットの行き足がぴたりと止まった時間だ。京葉線の電車が独特の音をたてて、前方の鉄橋を走り去ってゆくのが見える。車窓から漏れる白い光は、荒川の上空を帯状に流れていった。海を取り囲む陸地の、ほとんど全ての建物に点った明かりを黒い海面がチラチラと反射させ始める頃、ヨットは行き足を止めてしまったのだ。

航行中の海域から判断して、座礁ということはまず有り得そうもなかった。葛西臨海公園のすぐ南、旧江戸川の河口付近に広がる「三枚洲」と呼ばれる浅瀬からは数百メートル西に離れている。浅瀬は、危険区域を示す鉄のポールで囲まれ、夜になればその先端には灯りが点る。強風や、濃霧の日でない限り、間違って踏み込んでしまう恐れはあまりない。夢の島マリーナの出入り口近くの浅瀬のため、マリーナの職員からは再三にわたって注意を受けていた。浅瀬に迷い込んで、座礁しないようにと。そうして、牛島は特にそのことだけを気にかけ、ティラーを握っていたのだ。

「エンジン、止まってしまいましたね」

　他人事のように榎吉は言い、ベンチに座ったまま立ち上がろうともしなかった。いぶかしげな表情で、牛島はまずガソリンタンクのフタを開け、空でないことを確認するや、恐る恐るハンドスターターを引いてみる。すぐにエンジンは始動した。「なんだ」という安堵感が夫婦の顔に浮かんだが、長くは続かなかった。というのもギヤを前進に入れたとたん、エンジンはさっきと同じ音を残して停止してしまったからだ。

　安易にエンジンをかけようとはせず、牛島は、ドライブユニットをチルトアップ（プロペラ部分を海面上に出すこと）させた。

た。

「なんだ、こりゃ」

牛島の素っ頓狂な声に、榎吉は弾かれたように腰を上げ、三人同時にプロペラを見た。

宵闇の中で、それは海水をどっぷりと吸って黒っぽく見えた。牛島は、ドライブユニットに手を伸ばし、トリムタブとプロペラの隙間に挟まれた、子供用の青いズック靴を引っ張り上げた。海面を漂っていて、靴ひもがシャフトにからまり、プロペラに巻き込まれてしまったらしい。

甲の部分にミッキーマウスの図柄が描かれたディズニーの商標製品だった。ひっくり返して足のサイズを調べると、十九センチ。小学校低学年の男の子のものらしい。

牛島は肩をすくめながら靴を榎吉に手渡し、顔をしかめて見せた。好きに処置してくれと、そう言いたいのだろうか。海には様々な浮遊物がある。子供用の靴が流れていても、別に不思議はない。しかし、牛島はなにか不吉な気配を感じて、この靴自体を恐れているように見えた。榎吉に手渡したきり、それまで靴を載せていた右手の平を、執拗にタオルで拭っている。

目で急かされ、海に流そうとして、榎吉はかかとの部分に名前が書かれているのを発見した。

「かずひろ」

黒のマジックで、縦にそう書かれている。

「かずひろ君か……」

榎吉がつぶやくと、牛島は押し殺した声で言った。

「早く捨てろよ！」

捨てるのではなく、榎吉は船のように靴を海面に浮かべ、かかとの部分をちょんと押した。まだ真新しい部類に入る左足用の靴は、不安定にぐらぐらと揺れ、ヨットから離れてゆく。荒川河口のせいで、この海域にはかなり早い流れがあった。靴は南へ南へと流れ去り、すぐに黒い海面に溶けて見えなくなってしまった。もう片方の、右足用の靴だけを履き、片足でピョンピョンと飛び跳ねる男の子の姿を、榎吉はふと思い浮かべた。

牛島はドライブユニットを元に戻し、エンジンを始動させた。エンジントラブルの原因である靴を取り除いたのだから、もう何も問題はないはずだった。時計は六時三十五分を示している。五分ばかり道草を食ってしまったが、帰港予定の七時にはちょうど間に合うはずだ。

「よし、行こう」

牛島はギヤを前進に入れた。エンジンは止まらずに、確かな回転を続けている。ドライブユニットの後方で海水はごぼごぼと泡立っている。プロペラの回転で船体を前に進めようとしているのだろうが、ヨットはその場から動こうとしない。夢の中で味わう感覚にそっくりだった。怪物に追われ、走って逃げようとしても、両足は空をかくばかりで地面を蹴ろうとせず、前へ前へという必死の思いだけが空転するあの感覚。ヨットにいる三人は、少なからず同じ感覚を味わっていた。船底とデッキという二重構造で海と隔たっているとはいえ、自分たちの足そのものが海底から延びたロープに絡まってしまったような気分。

　榎吉と牛島はまったく無言のままだったが、美奈子は耳障りな、悲鳴に似た声を上げながら、コックピットを右往左往する。

「ねえ、どうしたのよ。なぜ、動かないの」

　牛島はギヤを変え、後進をかけてみた。だが、ヨットは後ろにも進まない。

「ちょっとすまないが、左舷（さげん）側に寄ってみてくれないか」

　牛島の指示に従って、榎吉と美奈子は左舷側に寄って身を乗り出した。ヨットが大きく傾く頃合いを見計らって、牛島は前進をかけてみる。状況は同じだった。さらに右舷側に重心を移動させた上での前進、左舷重心で後進、右舷重心で後進と、何度か試みたが、ヨットはまるで根が生えたように微動だにしない。

　牛島はエンジンを切った。美奈子が何か言いかけたが、牛島は手で制した。

「ちょっと黙って」

牛島はひとり考え込み、沈黙してしまった。乏しい経験を手探りし、ヨットが動かなくなったときの処置方法を捜し出そうとしているのだ。早くマリーナに戻り、ふたりから解放されたいと願っていた榎吉だったが、今、この状況のもとで、牛島を急かすつもりはなかった。牛島の表情は真剣というより、深刻そのものだ。マルチ商法への勧誘など、遠い彼方に飛び去ってしまったに違いない。

「よし」

牛島は自分に号令をかけるようにして立ち上がると、これからとるべき行動を声に出した。

「水深を測ってみよう」

サイドロッカーを開け、ロープの先端に結ばれたアンカーを取り出し、そろそろと水中に沈めていく。数メートル、何の手応えもなく呑み込まれたところで、牛島は約十秒間手を止めて大きく溜め息をつき、ロープを巻き上げ始めた。水深が十分であることを確認できたのだ。つまり、ヨットの船底から下に延びたキールが、浅瀬の砂にめりこみ、そのせいでヨットが動かなくなってしまったのではない。ヨットは座礁以外の理由で、動きを止めてしまったことになる。

「なんだか、妙ですね」

榎吉は率直に自分の気持ちを表現した。他に言いようがない。陸の上で、こんなふうに足元の覚束無い不安な感覚を抱いたことはなかった。

牛島は元の場所にロープとアンカーをしまうと、乱暴にロッカーのフタを閉め、その上に腰をおろした。だれも、何も言いたくない気分だ。美奈子はキャビンライトと航海灯を点して、ハッチを開け放った。キャビンから漏れる明かりが、コックピット表面の純白さを蛍光塗料のように輝かせている。

恐らく、榎吉の抱いた危機感は、牛島夫婦のそれとは比べものにならないくらい小さいに違いない。榎吉は、「ＭＩＮＡＫＯ」号のクルーではなく、客である以上、何の責任も持つ必要はなかった。しかも、陸の影すら見えない沖合遠くならともかく、わずか百メートル程西には若洲ゴルフリンクスの照明灯が点り、北にも東にも陸が迫っている。湾岸線を流れる光の帯も見えるし、車の排気音と溶け合った夜の音も聞こえる。

それに対して、牛島と美奈子は時間とともに不機嫌になっていった。牛島は、ヨットが自分の意思を離れて動かなくなったのが不思議であり、悔しくてならず、美奈子は、そんな夫が不甲斐無く感じるらしく、これみよがしに鼻や喉を鳴らし、「早く動けるようにして」と言葉を使わずに催促する。海にヨットを浮かべる暮らしを、「すばらしいと思わない？」と、他人に見せびらかし、榎吉を自分の領域に誘い込もうとしていた美奈子にとって、この状況は手酷いしっぺがえしだった。芸達者なペットが、いざ芸の披露というときになって無様な無能ぶりをさらけだすようなものだ。

　足元から立ち上る不安感はともかく、榎吉には牛島がこの危機をどうやって乗り越えるのかに、興味が湧いてきた。

「キールの部分に、なにか、ロープのようなものが絡まっているとは考えられないでしょうかねえ」

　榎吉が素人考えを口にすると、牛島は顔を上げ、「うん、うん」とうなずく。

「ぼくもそう考えていたんだ。定置網のようなものが、キールに絡まったんじゃないかってね」

「この辺には定置網が仕掛けられてるんですか」

　牛島は首を横に振った。

「いや、有り得ない。ここは、船の航路だから」

「とすると……」

「おそらく、定置網のようなロープの束がどこかから流れてきて、キールに絡まったのだと思う」

　とすると、榎吉にもすぐわかることであったが、ロープのもう一方の先端は、海底にしっかりと固定されていなくてはならなくなる。果たしてそんな偶然が有り得るのだろうか。カウボーイが牛の首めがけてロープの輪を投げるように、海底から浮かび上がってきたロープの輪がヨットのキールを捕らえる……、そんなシーンを思い浮かべると、榎吉はなんとなくおかしくなってしまう。

「もし、そうだとすれば、じゃあ、どうすればいいの」

美奈子が口を挟んだ。厚い唇を歪めて、夫の横顔にきつい視線を投げかけている。榎吉は、色白で下ぶくれの美奈子の顔がどうにも好きになれない。背伸びしようとする姿勢が、顔のつくりや、メーキャップのしかたによく現れている。たぶん、彼女のほうが先に手を染め、夫をマルチ商法の販売員に誘い込んだのだ。そうして、販売のパートナーとして常にハッパをかけているに違いない。

「キールに絡まったロープを取るしかない、だろうな」

榎吉には、これから牛島がやろうとすることが容易に想像できる。簡単だ。ヨットの下に潜り、手探りで、絡まっているはずのロープをはずす、ただそれだけだ。しかし、今さらのように黒い海面を見ただけで、足はすくんでしまう。日は完全に沈み、もともと黒い海面は、夜空を映して黒を重ねている。息を止め、この水の中に潜ると想像しただけで窒息しそうになる。

マスクや防水ライトの備えもなく、手探りで作業をしなければならないのだ。もしマスクをかぶっていたとしても、東京湾のヘドロのような海の中で、視界はほとんどきかないだろう。

だが、牛島はおし黙ったまま、動こうとしなかった。思いつめたように唇を噛みながら、意味ありげな視線をチラッチラッと榎吉のほうに飛ばしてくる。やるべきことはひとつしかない、なぜさっさと腰を上げないのかと訝る間もなく、榎吉は牛島の心中を察知していた。潜りたくないのだ。代わりに潜ってもらいたいのだが、自分からは言い出せず、榎吉から申し出るのを待っているのだろう。

……冗談じゃない。

榎吉は、潜る意思がまったくないことを態度で示そうと、不機嫌な顔で立ち上がって背を向けた。身の危険を冒してまで、「MINAKO」号ごときのために働く義理はない。

キャビンに入ろうとしたところで、榎吉は呼び止められた。

「榎吉君」

振り向くと、牛島はシャツのボタンを一個一個上からはずしにかかっている。人に頼らず、自分で解決しようと覚悟を決めたようだ。それでいい、榎吉は胸につぶやいた。

二回三回とロープを自分の身体に巻き、もやい結びで縛ると、牛島は端を榎吉に手渡した。流されるのを防ぐための命綱だ。

「たのむよ」

牛島に肩を叩かれると、榎吉はロープをきつく握ってみせた。

「だいじょうぶ、任せて」

牛島は足先から海に入り、徐々に肩まで沈めていった。そして、船尾側のヘリに両手をかけ、懸垂をするように両手を屈伸させ、「ハッハッ」と呼吸を整える。まだ九月初めとあって、水温はそれほど冷たくはないはずだ。水面を上下する牛島の顔は、キャビンライトに照らされて、灰色がかってきた。さっさと事をすませたいのだが、どうも踏ん切りがつかない……、そんな表情だ。だが、次の瞬間、牛島は一際大きく海面上に伸び上がり、ふっと息を止め、反動で海中へと潜っていった。

ヨットの場合、船底のちょうど中央あたりに、キールと呼ばれる板が垂直に張り出している。「MINAKO」号の場合、キールの長さは約一・二メートルといったところで、潜るといっても、せいぜい二メートルに過ぎない。榎吉は、余裕を持たせて数メートルのロープを海面に放り投げた。

三十秒ほどで、牛島は海面に顔を出した。舷側にすがろうとして滑り、立ち泳ぎをしながらどうにか顔だけを出している。

「どうでした?」

榎吉が声をかけると、牛島はますます灰色がかってくる顔を激しく横に振った。目的を達成するどころか、キールの位置を確認する程度で一回目は終えたのだろう。

　呼吸を整え、牛島は二回目の潜水にチャレンジした。潜って一分もしないうち、足元からごつごつと何かがぶつかる音が響き、牛島がもがいているなという感触が船体を伝わり、ロープにも伝わってきた。すぐ下に牛島がいるとわかっているのだが、不安に駆られ、榎吉はロープを少したぐり寄せてみる。

　ちょうどそのとき、ロープを握る手にカツンという衝撃を受けた。大きな獲物がかかったかのようにロープはピンと張られ、反動で榎吉の上半身は海側に乗り出してゆく。

「すみません、ちょっと！」

　ベンチに座っていた美奈子を傍らに呼ぶと、念のためにロープの端を持たせ、榎吉は力強くロープを引いた。腕には牛島の体重のすべてが感じられる。嫌な予感がした。なにか事故でもあったのか。

　ヨットから二メートルばかり離れた海面を破って、牛島の顔が現れた。立ち泳ぎをしてるのだろうが、一向に浮力は増さず、後方にのけぞって牛島の身体はともすれば沈みがちだった。

「しっかり！」

　掛け声をかけ、上に引っ張り上げるようにして、榎吉はロープをさらに引いた。牛島は必死でなにか言おうとしているのだが、言葉にならない。それとも、悲鳴を上げようとしているのか。凄まじい形相……、かと思うと急に表情を緩め、薄い頭髪を海草のようにゆらめかして沈みかける。溺死する寸前のようで、榎吉は腕に力を込めた。舷側から身体を上げるのは不可能だった。牛島の肩から上を海面に出したままの状態で、榎吉は船尾へと回り、脇に両手を差し入れて身体を一気にコックピットへと引き上げた。腹を船尾側のヘリにあて、牛島は身体をくの字に折り曲げた。そうして、頬を床にこすりつけた姿勢のまま、牛島は嘔吐した。飲んだ海水だけでなく、昼に食べたサンドイッチやビールが間欠的に喉から流れだし、そのたびに身体には痙攣が走った。まだ両足の先は海水に浸ったままだ。美奈子は「キャッ」と叫んでその場から飛びのき、なおも悲鳴を上げながらタオルを取りにキャビンへと走った。

牛島は自力で上半身を起こし、必死で前へ前へと這い進もうとしていた。そうして、両足が海の上に出るやいなや、俯せの姿勢からゴロンと仰向けにひっくり返り、大きく息をつこうとして咳き込んだ。

溺れ掛けた人間にどのような処置を施せばいいのか。榎吉は、「だいじょうぶですか」を連発し、美奈子から手渡されたタオルを肩にかけ、背中をさすった。牛島は舷側から顔を出し、まだゲーゲーと胃の中のものを吐こうとするのだが、出るものといったらよだれと涙以外には何もない。にもかかわらず、牛島はまだ、身体の中のものを出そうとする。痙攣と見まがうばかりの震えに促されて、胃の表裏を逆にするかのように。
キャビンのベッドに寝かせたほうがいいだろうと判断し、榎吉は牛島に肩を貸して歩かせようとした。一、二歩歩いただけで、両膝から下の力が完全に抜けてしまっているのがわかる。腰が抜けるというより、膝から下の足をなくした感じだ。それでもどうにかベッドに寝かせると、バスタオルやトレーナーなど、掛けられるものを全て牛島の身体にかけてやった。震えは収まるどころかますます激しく、真っ白な唇からは時々獣のような呻き声が漏れる始末。あまりの変わりように、美奈子と榎吉は声もなく茫然自失してその傍らにたたずむ他なかった。

最初のうち、榎吉は、牛島の身に起こったことをこんなふうに想像していた。呼吸が苦しくなり、すぐに浮上しようとしたのだが、水面に顔を出す前に息を使い果たし、海水を飲み、パニックに陥った……、あるいは命綱のロープがキールに絡まったか、とにかく、牛島はパニックを起こして溺れかかったのだと。真っ暗な海の中を手探りで浮上する際の恐怖は計り知れない。ちょっとしたミスもパニックにつながる。

だが、牛島の今の怯えようは、想像の域を超えていた。焦点の定まらぬ目は、おそらく何も見てはいないだろうし、聴覚や嗅覚が機能を果たしていないのは明らかだった。感覚器官はすべて、ついさっき被った「衝撃」によって縛られている。

榎吉はふと思いつき、ビール以外にもっとアルコール度の強い酒がないかどうか、美奈子に尋ねた。

「ワインなら」

美奈子は、ギャレーの下から、赤ワインのハーフボトルとアルマイトのマグカップを取り出してくる。

「気付け薬としては、ちょっと弱いかもしれないが……」

榎吉は、牛島の上半身を起こし、口の中にワインを流し込んでみる。最初のうち、にじむようにしか入らなかったが、徐々に喉の動きは活発になり、二杯目のワインは素早く飲み込まれていった。と同時に、牛島の目がいくぶん生気を取り戻してきた。身体の震えも和らぎ、呼吸も落ち着いてきたようだ。

榎吉はまず、所期の目的通り作業を終了させたのかどうか聞いてみた。つまり、キールに絡まったはずのロープを取り除くことに成功したのかどうか。

「作業は終わりましたか？」

牛島は激しく首を横に振った。

「じゃ、キールに絡まったロープは、まだそのままなんですね？」

ところが、今度もまた牛島は、以前にも増して激しく首を振る。榎吉は同じ質問を繰り返したが、牛島の反応は変わらなかった。作業が終わったかと問えば、終わってないと首を振る。キールに絡まったロープはそのままかと問えば、いや違うと首を振る。牛島の返答を信じ、なおかつ合理的に判断すれば結論はひとつだ。ヨットが停止してしまった原因はまだ取り除かれてなく、ロープはキールに絡まってはいない。つまり、ロープ以外の原因で、ヨットは止まってしまった……。そのとき、グラッと二回、ヨットが揺れた。波のせいで揺れているのではなく、下に引きずり込もうとする力のようなものが、船底の一点に感じられる。

不安は一瞬で恐怖に変わった。ヨットに乗るのが初めてとはいえ、榎吉は、海にまつわる怪奇譚を子供の頃から幾編か好んで読んでいた。もっともオーソドックスな幽霊船の物語に、どれほど背筋をぞっとさせられたことか。生活の匂いを残したまま、帆船から乗組員が全て消えてしまう。一体、船の上で何が起こったのか。疑問を投げかけただけで、この種の物語は終わってしまい、船から人間が消えた理由が解き明かされることは決してない。海自体が謎そのものであり、生の世界と死の世界がいり混じった空間であることを、読者の胸に強く印象づけるだけだ。

榎吉はあわててキャビン内部を見回した。陸の世界との命綱ともいえるもの……、彼が捜したのは無線機だった。だが、何度見回してもそれらしきものはどこにもない。

「この船に無線機は？」

榎吉が美奈子に目をやると、美奈子はそのまま目を牛島に向け、力なく横たわる夫の肩をゆすった。自分では答えず、夫に答えてもらおうとしているのだ。

榎吉はもう一度同じ質問を繰り返した。牛島はどんよりとした目を横に動かす。

「無線はないのですね」

榎吉が念を押すと、今度は首を縦に振る。無線が積まれてないのはこれではっきりした。すぐそこに見えているのに、陸地と連絡を取ることができないのだ。連絡さえ取れれば、夢の島のマリンサービスに頼んで、引き船を回してもらえばいい。高馬力のディーゼルエンジンで曳航してもらえば、たぶん脱出は可能だろう。だが、それもできない。

緊張のあまり喉が渇き、牛島が使ったマグカップにワインを注いで一息で飲んだ。唯一の経験者である牛島は、強いショックを受けて頼りにならず、美奈子はそんな夫にすがるだけで、自ら道を展こうとはしない、気楽な客を決め込んでいた榎吉の肩に、ずしりと重みがかかってくる。

何度も唾を飲み込み、腕時計にばかり目をやった。時間は八時を過ぎている。今晩一晩、海の上で過ごすことになるのかと思うと、ぞっとした。明日の月曜には大事な商談をまとめなければならない。うんざりだった。さっさと自分のアパートに帰り、慣れたベッドに身を横たえたい。できることなら……。

榎吉はその可能性を思いつくや、コックピットに出て、西の方角を見渡した。若洲海浜公園を取り囲んでコンクリートの土手が南北にまっすぐ走り、その手前には無数のテトラポッドが土手と平行に並べられ、長靴のような突起を水面から露出させている。テトラポッドによじ上れば、土手に飛び移るのは簡単だ。ヨットからテトラポッドまでは、目算で百メートルあるかないかの距離。闇のために目算を誤ったとしても、榎吉には十分泳げる距離だ。心臓が高鳴っている。一か八かやってみようか。それにしても、夜の東京湾を泳ぎ切るのはかなりの冒険に違いない。ふっと湧き上がりかけた決意が、夜の海を見つめるうちに萎えてゆくのが感じられた。

キャビンのハッチが開き、牛島が這い上がってきた。性急に榎吉の耳に入れたいことでもあるかのように、身体よりもまず唇が動こうとしている。榎吉は手を貸してベンチに座らせようとしたが、牛島は、自らコックピットの床にうずくまった。

「気分はどうです?」

自力で動こうとすることからも、肉体的に回復したのは明らかだった。だが、牛島は、両肩を大きく揺らせ、絶望的な声を出す。

「この船は動かんよ」

頑固な老人を思わせる口調だった。

「なぜですか」

「触れたんだよ、この手が」

言いながら、牛島は自分の手の平を上にする。

「何に？」

「手だよ」

……牛島の手が、手に触れた？

聞くんじゃなかったと、榎吉は後悔した。泳いでいて、海で死んだ人の幽霊に足を引っ張られたという怪談はそれこそ枚挙にいとまがない。海の底から伸びた手がキールを握って離さないと言うのであれば、そんな戯言（たわごと）など聞きたくもなかった。

一瞬の沈黙の後、牛島が先に口を開いた。

「子供っていうのは、案外に力持ちなんだなあ」

榎吉は相づちを打つことができない。なんと返事をすればいいのだ。ショックのあまり、牛島は狂ってしまったのではないか、そんな疑惑が脳裏をかすめた。

「子供？」

同じ言葉を繰り返すしかない。

「子供が、しがみついているんだよ、キールに」

榎吉は息をつめた。突如脳裏に、キールにしがみつく子供の水死体の映像が浮かんだ。

「昔流行（はや）っただっこちゃん人形のようだった。顔は風船のように膨れ上がっていたがね」

牛島はしみじみと言う。

……落ち着け！

榎吉は自分に言い聞かせた。他人の想像力によって作り上げられた化け物を、自分の内部に引き寄せたりしたらロクなことにならない。慎重に、確認しなければならない。どのように連想の輪を繋げて、牛島は自分の内部に化け物を造り上げていったのか。

「男の子、でしたか？」

榎吉が聞くと、牛島は「うん」とうなずく。やはりそうだ。

「小学校一、二年生ぐらいの？」

少し考えてから、やはり牛島はうなずいた。間違いない、と榎吉は確信を抱く。何もないところに、イメージは像を作り上げないものだ。今度の場合、想像力の下地ともいえるのは、間違いなく、プロペラに絡んでいた男の子の靴だ。

榎吉は、順を追って牛島の心理を追ってみた。海に潜ろうとする前、牛島の頭の片隅に残っていたミッキーマウスの靴が残っていて、それは妄想の種子となったのだろう。少年はどこで左足の靴を流したのか。橋の上？　それとも土手の上？　それとも、少年は海で溺れ、片方の靴だけが脱げてしまったのか。とすると、その水死体はこの近辺を今でも漂っている……。

　ヨットの下に潜った牛島は、両目を堅く閉じて船底を探るうち、おそらくキールに巻きついた海草か何か、ヌルッとした、いかにも溺死(できし)した少年の皮膚を思わせるものに触れてしまったに違いない。一瞬で、牛島の脳裏には映像が閃(ひらめ)いた。第一、夜のヘドロの海中で見えるわけがない。牛島は目を開けてそれを見たのではなく、得意のイメージ力に結ばれた仮象を、心の目で捉(とら)えたのだ。溺死した少年がキールに抱きつく姿。顔を風船のように膨らまし、両目をぶよぶよとした肉の奥にめりこませ、開いた口から白い舌の先をのぞかせている。だっこちゃん人形のように、ひっしとキールを摑(つか)み、ヨットの行き足を止めている溺死体……。

　だから榎吉には、今から牛島に聞こうとする問いの答えに自信があった。

「牛島さん、あなたが見た男の子は、片方の靴を履いてなかったでしょ？」

……もちろん「うん」とうなずくに決まっている。プロペラに挟まっていたのは、左足の靴だけなのだから。

　榎吉は、答えを予期して、反応を見守った。ところが、牛島は目を細め、夜空を振り仰いだかと思うと、「いや」と首を横に振って否定してきた。

「じゃ、靴を履いてたの？」

　榎吉が確認すると、牛島ははっきりと答える。

「男の子は、両足とも、裸足(はだし)だったよ」

言い方にあやふやなところが微塵（みじん）もなく、榎吉にはどうも解せなかった。

　とにかくじっとしていてもしかたがない。もう一度エンジンをかけて前進を試みるべく、榎吉はハンドスターターを引こうとした。シャツの袖口が邪魔になり、めくり上げるよりも脱いだほうがいいだろうと、彼はシャツのボタンをはずしにかかる。足元には、さっきと同じ姿勢で牛島がしゃがみ込んでいた。開いたハッチの下に美奈子が立ち、シャツを脱ごうとする榎吉を見て、溜め息混じりの声を上げた。

「やっと潜る気になったのね」

　シャツを脱ごうとする行為が誤解を招いたのだろう。榎吉には潜る意志などさらさらなかったのだが、美奈子の言い種（いぐさ）にはかなりむっとするものを感じた。男である以上、潜って原因を取り除くのが当然だという思い上がりが、言葉の端々に表れている。榎吉には、美奈子のためにこのヨットを救わねばならぬ義理はなかった。

　エンジンをかけ、前進と後進を交互に繰り返してもやはり船の位置は同じままで、にっちもさっちもいかない。思う通りにいかない苛立（いらだ）ちは、美奈子の無神経な言葉とあいまって、怒りにまで発展しかけた。これまでの自分の優柔不断さにも腹立たしくなってくる。すぐにでもこのヨットを捨てられるということを、見せつけてやりたかった。実行に移す自由を持っているのだということを。

一旦萎えかけた決意が、またむくむくと頭をもたげてくる。考えてみれば、他に術はなさそうだ。泳いで岸にまで渡り、マリンサービスに電話をして引き船を要請してやるのが、一番てっとり早いのではないか。

榎吉はギャレー下の小物入れから大型のポリ袋を取り出すと、脱いだ服や靴を詰めていった。空気を少し入れ、口のところをきつく結ぶ。

最初のうち、服を脱いでいく榎吉を不躾な視線で眺めていた美奈子は、その行為の異常さに気付くと、おろおろとした表情を浮かべてきた。

「ちょっと、あなた、何をするつもりなの?」

榎吉は、ポリ袋を右足の太股にしっかり結わえ付けると、もう片方の足で挟み、ベンチの上に立ち上がった。

美奈子は手を伸ばしてきたが、その指先が身体に触れるより先、榎吉は海に飛び込んでいた。すぐには泳ごうとせず、立ち泳ぎをしながらポリ袋を股の間に挟み替えた。そうしながら、ヨットのほうに顔を向けると、段ボール箱から外を窺う二匹の小犬のように、牛島夫婦が舷側からちょこんと顔を出しているのが見える。美奈子は泣き言を一杯並べているらしいのだが、浮き沈みする榎吉の耳まで内容は届かない。

「大丈夫、マリンサービスに電話してやるから」

そう言ったつもりだが、果たして聞こえたかどうか。美奈子の泣き言はまだ続いている。引き船が来るまでの、小一時間ばかりの辛抱だった。だが、その間、美奈子たちは、「どう、すばらしいと思わない？」と人に強要する世界の、板子一枚下が地獄であることを、徹底的に思い知ることになるのだ。

方向を転じると、榎吉は浮力のあるポリ袋を足に挟み、手だけのストロークで前へ前へと身体を押し進めていった。ビート板を足に挟んでクロールの練習をしたことは何度もある。その状態で、二十五メートルプールを十往復はできるのだ。自信を持てと、自分に言い聞かす。だが、問題は体力ではない。榎吉は、腹から足にかけての、下の面が気になってならない。もし、この瞬間、ヌルッとした感触を腹にでも感じたら……、そう思っただけで心臓は縮み上がる。少年はキールに抱きつくのをやめて、後を追ってくる……。逃げても逃げてもつきまとい、下半身にしがみついてくる……。今、水中で目を開けると、すぐそこには水膨れした少年の顔がある……。妄想は次々と湧き上がり、そのせいでストロークの切れも悪くなりがちだった。力が空転して、疲労ばかりが増し、喉の奥から胃がせり上がってきそうだ。吐き気とともに、榎吉は命の危険を察知した。パニックを起こせば、即、死につながる。月のきれいな、雲ひとつない夜空の下、若洲海浜公園の常夜灯はなかなか近づいてこない。もどかしいほどに土手までの距離は縮まらない。

思い切って榎吉は手を動かすのをやめ、仰向けに浮かんで休息を取ることにした。

鼻と口を水面から出し、ハッハッと呼吸を繰り返し肺に大量の空気を送り込む。止むことのない妄想を、榎吉は、付き合い始めたばかりの女性の裸体を思い描き、退けようとした。手の届く具体的なものを想像する以外、妄想から逃れる術はない。

顔を起こすと、ヨットからかなり離れているのがわかった。振り返って岸を見れば、岸のほうがはるかに近い位置にある。三分の二以上は泳いだ勘定だ。身体に力が甦ってきた。まだ先と思っていた岸は、すぐそこにあるのだ。あとひと泳ぎで、陸に立つことができる。榎吉は身体を反転させ、両手で力強く水をかいていった。

手前のテトラポッドをよじ上り、全身が海の外に出ると、ようやく榎吉は人心地がついた。テトラポッドの下のほうは海水を浴びていたが、上のほうは濡れてなく、乾いたザラついた感触はさらに榎吉をほっとさせた。沖を眺めると、「MINAKO」号は同じ位置にとどまったまま、いかにも頼りなげにマストを横に揺らせている。

交差するテトラポッドの下から、波のぶつかる音が立ち上ってきた。隙間に落下すると、やっかいなことになりそうだ。両手両足を使って土手に渡るほうが賢明だろうと、身を低くしかけたとき、榎吉は、凭れ合うテトラポッドの隙間に、小さな靴がはまっているのを発見した。

手を伸ばせば届く距離に、それはあった。常夜灯の淡い光に照らされ、やはり水を吸ったように黒々としている。榎吉は顔を近づけた。青い靴の先端が、コンクリートの隙間にめりこみ、そのまま脱げてしまった格好だった。靴の主は、テトラポッドの上で遊んでいて、つまずいたのだろうか。甲にはミッキーマウスが描かれ、さらによく観察すると、靴は右足用のもので、かかとの部分には名前が書かれている。黒いマジックで、夜目にもはっきりと「かずひろ」と読める。間違いない。ヨットのプロペラに挟まっていた靴の、もう片方だ。

榎吉は顔を上げた。冷静な気分でいられるのが不思議でならない。彼は冷静さを保ったまま、胸に呟いた。

……なるほど、こんなところに右足の靴があったんじゃ、あの子、両足とも裸足に決まってるよな。

沖に目をやると、完全に凪いだ海の上でヨットが一際激しく揺れている。裸足のまま、キールにしがみついて遊ぶ子供の姿が、はっきりと榎吉には見えたような気がした。

よけいなものが

井上雅彦

「ばかばかしいね。僕は絶対信じない」

「あら。そんなに強調するのは、信じている証拠よ。本当は怕いんじゃなくって」

「僕は君と違って、目で見たことしか信じられないのさ。むしろそんなものを怕がることのできる君がうらやましいね。君は怕がることを楽しんでいるようだからね」

「まあ。どうして、そう思うの」

「怕い話を聞いたりして震えている時の君が一番魅力的だからさ。そんな君が見たくて、わざわざこんな真夜中についてきたんだ。おや。変だぞ」

「どうしたの」

「今のセリフ、さっきも言ったような気がするんだがな」

「さあ、覚えてないわ。ところで、あなた本当にこの土地の言い伝えを信じていないの」

「ああ。ここみたいに昔処刑場のあったような場所には、何かしら迷信がつきまとっているものさ。たいていは、インチキだよ」

「そうでもないわ。この近所でつい最近あったのよ。まだ若い駐在さんが、定時のパトロールに出たきり、いつまでも帰ってこないの。同僚が心配して、この祠のあたりまで来てみると、例の駐在さんが放心したように歩いていたというわけ。それも同じ場所をぐるぐるまわっていたというのよ。あとで調べてみたら半径二十メートルほどの弧を描いて堂々巡りをしていたらしいわ」

「本人はどういうつもりだったんだ」

「本人は署に帰ろうとして必死だったというの。でもいくら歩いても、もとの道に戻ってしまう。もし誰もこなかったら永遠に歩き続けていたでしょうね。きっと狐のしわざよ」

「なに。狐だって」

「同じ例が古い文献に出ているの。狐にとりつかれた旅人は、片足が何寸か短くなってしまう。そのため本人はまっすぐ歩いているつもりでも、弧を描いて歩くことになるの」

「ははは。コンパスみたいなもんだ。君は本気でそんなことを信じているのかい」

「不思議なことは、まだあるわ。この近くの分校に座敷わらしが出るのよ」

「なに。座敷わらしだって」

「分校の朝礼で、数の少ない生徒たちの点呼(てんこ)をしたの」

「それで」

「生徒の数が、一人殖(ふ)えている」

「よけいなものが、混じっている」

「その一人が座敷わらしというわけ。不思議な話は、もっとある」

「もう飽きてきたわ」

「たとえば真夜中に男と女が二人きりで話をしているんだ。あたりには誰もいない。それなのにだよ。いつの間にかその会話に、何か別のものがはいりこんでいる。それなのに、二人は気がつかない」

「やな話ね」

「しかも二人はいつの間にか、中身を摩り替えられている……」

「それも狐や座敷わらしのせいだっていうの。ばかばかしいわ。私は絶対信じない」

「おや。そんなに強調するのは、信じている証拠だよ。本当は怕いんじゃないのかい」

「私はあなたと違って、目で見たことしか信じられないのよ。むしろそんなものを怕がることのできるあなたがうらやましいわ。あなたは怕がることを楽しんでいるようですものね」

「おや、どうして、そう思うのかね」

「怕い話を聞いたりして震えている時のあなたが一番魅力的だからよ。そんなあなたが見たくて、わざわざこんな真夜中に……あら、変ねえ。今のセリフ、さっきも言ったような気がするんだけど……」

五月の陥穽

福澤徹三

朝礼の司会を振られたのは、ゴールデンウイーク明けの朝だった。

本社では朝礼の司会は部長と決まっていたから石黒(いしぐろ)はとまどったが、

「うちは課長がやるのが決まりなんだよ」

と支店長の吉光(よしみつ)はいった。

「こっちへきて、もうひと月以上になるんだから、朝礼くらいできるだろう」

石黒はしぶしぶうなずいた。

支店の社員は男女あわせて十人しかいないが、いきなり喋(しゃべ)るのは緊張する。

ぎごちない口調で朝礼をはじめると、失笑の気配が広がった。恥ずかしくて、さっさと話を切りあげたら、

「おやおや」

吉光がおどけた表情でいって、

「もう終わりかい。ぼくにも喋らせてくれよ」

どっと笑い声が渦巻いて、石黒は赤面した。

四十八歳にもなって朝礼で笑われるとは、われながら情けなかった。

吉光はさっきとは打って変わって堂々とした物腰で、連休明けはミスが多いから云々と訓示を垂れている。吉光は直属の上司だが、歳はひとつ下だし、本社へいけばおなじ課長待遇だ。それなのに、本社の部長よりも威張っているのが気に喰わない。

朝礼を終えてデスクにもどると、ひと仕事終えたように疲れていた。都心にある本社から片田舎の支店に飛ばされたのは、三月の人事異動だった。それ以来、ずっと体調はかんばしくないが、連休明けのせいか、きょうは一段と気分が悪い。

石黒は早退したいのをこらえて仕事をはじめた。デスクに山積みされた書類をパソコンに入力していると、十分と経たないうちに画面が固まった。

本社で使っていたのより旧式の機種のせいか、やたらとトラブルが多い。新しいパソコンに替えて欲しいといっても、吉光は経費がないと突っぱねるが、それでいて仕事が遅いと文句をいう。

パソコンを強制終了して再起動をかけていたら、

「またフリーズですか」

川尻（かわじり）がうれしそうにモニターを覗きこんだ。

「課長と相性が悪いみたいですね」

「相性が悪いのはパソコンだけじゃないよ」

思わせぶりないいかたをすると、川尻は身を乗りだして、

「どういう意味ですか」

「これだよ」

石黒は軀（からだ）を揺すって、椅子を前後に動かした。

きいきいと耳障りな音とともに、背もたれがぐらぐら揺れる。前任の課長が使っていたもので相当に古いが、古いのは椅子だけではない。デスクはいくら拭（ふ）いても汚れがとれず、引出しもガタがきている。

川尻はどことなく落胆したように苦笑して、

「たしかに、ひどいですね」

おおかた吉光の悪口でもいうのかと期待したのだろう。

川尻は四十二歳の係長で、吉光の子飼いである。

「本社の庶務にはいってあるんだけどなあ」

川尻はいいわけがましいことをいって席を離れた。川尻も吉光とおなじく、隙あらば新入りの自分を陥れようとたくらんでいるようで油断できない。

そもそも窓際にデスクがあることからして、吉光たちの悪意を感じる。窓際族という言葉はとっくに死語だろうし、さほど閑職でもない。とはいえ左遷に近いのはたしかだから、こんな席をあてがったのは自分にあてつけているように思える。

支店の事務所は八階建てのビルの四階にある。せめて窓から景色でも見えれば気がまぎれるが、曇ったガラスのむこうには隣のビルの薄汚れた壁があるだけだ。そのうえ窓ははめ殺しで換気すらできない。

前任の課長は四十そこその若さだったのに、精神を病んで退職したという。おかげで引き継ぎもなかったが、あるいは吉光たちのいじめが原因かもしれない。

昼休みになって石黒はそっとデスクを離れた。

事務所の奥のホワイトボードには社員の名前がならんでいて、名前の横に所在を書きこむ欄がある。そこへ昼食を示す丸印を書いたとき、吉光が目ざとく声をかけてきた。

「石黒課長は、きょうも外食なの」

ええ、と答えたら川尻がすかさず吉光に便乗して、

「リッチですねえ。おれなんか自分で弁当作ってるのに」

「ぜんぜんリッチじゃないですけど、外で食べるのが好きなんで」

石黒は愛想笑いを浮かべて事務所をでた。

鞄（かばん）のなかには妻が作った弁当が入っているが、吉光たちと一緒に食べたくない。川尻やほかの社員たちは、吉光を囲んで和気あいあいと弁当を喰う。彼らの輪に入るのが、この支店でうまくやっていく秘訣（ひけつ）だと思うものの、わざとらしい団欒（だんらん）にどう

してもなじめない。

石黒は廊下を歩きながら、あたりを窺った。誰も見ていないのを確認すると、非常口のドアを開けて赤錆びた階段をのぼった。屋上へ続く鉄扉には、関係者以外立入禁止の札とともに太い鎖が巻かれている。しかし南京錠が壊れているから、鎖をはずせば簡単に開く。

石黒は屋上にでると、大きく伸びをした。

空は雲ひとつない五月晴れで、さわやかな風が吹いてくる。連休のあいだは曇ってばかりだったのに、いま頃になって晴れるとは腹立たしい。とはいえ事務所で飯を喰っている連中は、この青空を楽しめない。屋上は自分だけのものだと思ったら、溜飲がさがった。

家から持ってきた新聞紙をコンクリートの床に敷き、その上に腰をおろした。けさ家をでしなに、古新聞をなんに使うのかと美奈子に訊かれた。公園で弁当を食べるときに使うというと、美奈子は眉をひそめて、

「外でお弁当食べるなんて変よ。ホームレスにでもなる気じゃないでしょうね」

「なんで、おれがホームレスになるんだ」

「だって五月病がきっかけで会社を辞めて、ホームレスになったっていうひとがテレビにでてたから」

「五月病っていうのは、学生がなるもんだろう」

「いまはサラリーマンのほうが多いみたいよ。出勤の途中で失踪したりするんだって」

「失踪するんなら、もっと小遣いをもらわないとな」

「その反対よ。失踪するんなら、ぜんぶ取りあげなきゃ」

　妻はまんざら冗談でもなさそうにいう。

　石黒は力なく笑ったが、転勤して以来、なにもかも投げだしたい衝動に駆られるのは事実だった。本社勤務の頃は、通勤に片道一時間しかかからなかったのに、いまは二時間近くも電車に乗らねばならない。やっとの思いで会社に着けば、底意地の悪い上司と厭みな同僚が待っている。

　こんな支店で定年まで働くのかと思ったら、気が遠くなる。よほどのことがない限り本社へはもどれないが、退職しようにも家のローンは残っているし、ひとり息子の淳也は今年から大学生である。まだまだ辞めるわけにはいかなかった。

「――負けてたまるか」

　石黒は自分をはげましながら、弁当を食べはじめた。

　屋上には空調の機械や貯水タンクがあるだけだが、高い建物が近所にないせいで、見晴らしがいい。ごみごみした下界を見おろすと、日々のストレスがちっぽけなものに思えてくる。

屋上にでられるのを発見したのは、異動してまもない頃だった。分煙で喫煙所がある本社とちがって、ここの支店は全面禁煙である。

「いまどき喫煙を許すなんて、本社は非常識なんだよ。うちの支店に煙草を吸う奴なんかいない」

と吉光は胸を張った。石黒は煙草を吸うとはいいだせず、休み時間のたびに外をうろつくはめになった。だが近所の喫茶店は禁煙だし、コンビニの前にも灰皿はない。どこかで煙草を吸えないかと非常階段をのぼってみたら、屋上の鉄扉が開くのに気がついた。その日から屋上で弁当を喰って、煙草を吸うのが習慣になった。

石黒は食事を終えると、弁当の空箱やお茶のペットボトルを鞄にしまい、煙草をだした。ひしゃげた箱を指でつまんだら、残りは三本だった。

煙草は毎朝、駅の売店で買ってくるのに、けさはうっかり買うのを忘れていた。たった三本で夜まで持たせるのは苦しいが、我慢するしかない。煙草の箱を膝(ひざ)に置いて、ポケットのライターを探っていたら、不意に強風が吹いた。

とたんに煙草の箱が吹き飛ばされて、床をすべっていく。

あわててあとを追うと、煙草の箱は周囲に張られた金網の下を通って、屋上のへりで止まった。あと一センチもずれたら煙草は下に落ちる。急いで金網の下から手を伸ばしたが、ぎりぎりのところで指先が届かない。

石黒は舌打ちをして、金網のむこうの煙草を見つめた。

古い建物のせいか金網は低いから、またぎ越すのは簡単そうだった。そこまでするのはためらわれたが、食後の一服がないのはつらい。

金網の上から見おろすと、屋上のへりは十五センチほどの幅で、すぐそばに隣のビルの屋上がある。建築基準法などおかまいなしの時代に建てられたらしく、ビルとビルの隙間は一メートルもない。この距離なら、もし足を踏みはずしても、隣のビルへ飛び移ればいい。

誰かに見られていないか気になるが、隣のビルは廃墟のように古びて屋上には雑草が茂っている。ひとの出入りはまったく見ないし、ずいぶん前から空きビルのようだった。

石黒は思いきって金網をまたぎ、屋上のへりに立った。

下を見ないよう注意しながら、腰をかがめて煙草を拾った。ほっとして屋上へひきかえそうとしたとき、両手でつかんでいた金網がめりめりと外側に傾きはじめた。

石黒は狼狽して金網をつかんだ指に力をこめた。その弾みで、せっかく拾った煙草を取り落としたが、気にしている余裕はなかった。

金網はますます傾きを増して、赤茶けた錆が指のあいだからこぼれている。金網は丈夫そうに見えたのに、ぼろぼろに朽ちていた。

　このままでは金網もろとも下に落ちる。

石黒は金網から手を放すと、屋上のへりをつかんだ。しかし不安定な体勢のところに金網がのしかかってくる。それを押しもどした拍子に足がすべった。

「うわッ」

思わず悲鳴をあげた瞬間、軀が宙に浮いた。

隣の屋上へ飛び移るひまもなく、石黒はビルの谷間へ落ちていった。

とっさに手足を広げて、落下を喰い止めようとしたが、軀は一気にずり落ちていく。ビルの壁で軀のあちこちが擦れて、焼けるような痛みが走った。

石黒は痛みを無視して、必死で手足を突っぱった。


どうにか軀が止まったのは、屋上から七、八メートルほど落ちたところだった。

「──助かった」

石黒は両肘と両足で軀を支えながら安堵の息を吐いた。

しかし喜びに浸ったのは束の間で、たちまち自己嫌悪と烈しい痛みが襲ってきた。

両手の掌は擦り切れて、赤黒い血がにじんでいる。いまの体勢では傷を確認できないが、肘や膝も服が裂けて、皮膚が直接ビルの壁に触れている。早く消毒しないと炎症を起こすかもしれない。

石黒は溜息とともに、かぶりを振った。

たかが煙草三本のために、こんな目に遭うのは馬鹿げている。煙草が風に飛ばされた時点できっぱりあきらめて、どこかへ買いにいけばよかったのだ。

いまさら悔やんだところで、どうしようもない。まもなく昼休みは終わりだから、急いで事務所へもどらなければならない。擦り切れた服を吉光たちに見られたら、なんと説明すればいいのか。そんな不安もあるが、最大の問題はどうやってここを脱出するかだ。

ふつうに考えれば、屋上へひきかえすのがいちばん早い。けれども、いまいる場所から上には窓ひとつなく、手足をかける場所も見あたらない。アクション映画ではあるまいし、手足を突っぱりながら、ビルの壁をのぼる体力もない。となると足が着くところまで、おりるしかない。

恐る恐る下を見たら、地面まではゆうに二十メートルはある。いまさらのように高さを意識したせいか、爪先から冷たいものが這いのぼってきて膝頭が震えた。

いっそ助けを呼ぼうかと思ったが、こんなぶざまな姿を見られたら、いまの職場では働けない。なんとしても自力で下へいくしかなかった。

唯一の救いはビルとビルの隙間がせまいことで、手足を突っぱったり、ゆるめたりしながら、すこしずつおりていけば、落ちる危険はなさそうだった。

「よし、やるぞ」

石黒は慎重に手足の力を抜いた。軀がずり落ちると、急いで両肘と両足を開く。それを繰りかえすうちに、あっさり二階ぶんほど下へおりることができた。

この調子でいけば五分と経たないうちに地面へ着くだろう。コツをつかんだおかげで高さも気にならない。石黒は勢いづいて、おりるペースを速めた。

ところがビルの半分近くまできたところで違和感をおぼえた。やけにペースが遅くなったと思ったら、手足の力をゆるめても軀が落ちない。

一瞬なにが起きたのかわからず、ビルの壁面を見わたすと、その理由がわかった。両側のビルが微妙に傾いていて、下へいくにつれて隙間がせまくなっている。つまりビルとビルの間がV字状になっているせいで軀がつかえているのだ。

石黒は肩をすぼめて身をよじった。

壁に対して軀を平行にしたとたん全身が下降したが、手足を突っぱるまでもなく、腹がつかえて動きが止まった。仕方なく腹をひっこめると、わずかに軀がさがった。ところが今度は、壁のあいだに胸がつかえて息苦しくなった。

地面までは、まだ十メートル以上はありそうなのに、これでは下へいけない。むろん、いまさら壁をのぼるのは不可能だ。

落ちる危険がないのなら、横歩きしてビルの端までいけば助かるチャンスがあるかもしれない。そう思ったものの、足は宙に浮いているし、胸と腹は壁にはさまれている。腕の力だけで横に進むのは、とうてい無理だった。

石黒は窮屈な空間で、腕をねじまげるようにして腕時計を見た。

ほんの数分しか経っていない気がするのに、昼休みはとっくに終わっている。吉光たちは自分の行方を捜しているかもしれないが、携帯電話は屋上の鞄のなかである。しかも昼休みを邪魔されるのが厭で電源を切っているから、仮に警察が調べても場所を特定できないだろう。

ようやく事態の深刻さが身に沁みてきて、腋の下に冷たい汗が流れた。

顔を横にむけると、ビルのあいだから道路が見える。ぱらぱらと通行人はいるものの、誰もこちらを見ようとしない。道路からここまでは、かなりの距離があるし、ビルの谷間は暗いから誰かがこっちを見ても、異変に気づくかどうかわからない。

とはいえ、このままじっとしていたら助かる見込みはない。もはや生死に関わる窮地に陥ったのだ。恥も外聞も気にしている場合ではなかった。

ビルのあいだから通行人の姿が見えた瞬間、

「助けてくれッ」

石黒は絶叫したつもりだったが、実際に口からでたのは重病人のような頼りない声だった。ビルの壁で胸が圧迫されて大きな声がでない。なんべん声を張りあげても、通行人は無反応で行きすぎていく。それでも懲りずに叫んでいると、喉（のど）が乾燥して咳（せ）きこんだ。

　口のなかはカラカラに渇いて、喉を潤そうにも唾（つば）がでない。無理やり唾を呑（の）もうとしたら、舌の付け根がずきりと痛んだ。

　ふと幼い頃に、これと似たような体験をしたのを思いだした。

　あれは小学校の一、二年だったか。友人たちと空き地でかくれんぼをしたとき、隠れる場所に迷ったあげく、崖（がけ）から突きでていた土管にもぐりこんだ。土管のなかは乾いていたから、奥まで這っていって息をひそめた。

　その計画はうまくいって、鬼には見つからずにすんだ。ところが外へでようとしたら、軀がつかえてうしろへさがれない。なんとか前には進めるものの、土管の奥は真っ暗で、どこへ続いているのかわからない。もし奥まで進んで行き止まりだったら、外へでられなくなる。

「おーいッ」

　石黒は怖くなって叫んだが、声は土管のなかを反響するばかりで、友だちがくる気配はない。悩んだ末に意を決して闇のなかを進んだ。

土管のなかを這っているあいだは生きた心地がしなかったが、前方がしだいに明るくなってきた。土管は水が涸れた用水路につながっていて、ようやく外にでられた。危うく死をまぬがれた深い安堵の思いはいまも忘れられない。

いまの心境は、あのときにそっくりだった。

あんな幼い頃でもうまくいったのに、いまの自分がうまくいかないはずがない。当時とはくらべものにならないほど、知識もあれば経験もある。冷静に考えれば必ず脱出の方法が見つかるはずだ。

「焦ってはいけない。落ちついて考えるんだ」

石黒は深呼吸をして、上を見あげた。

空はなにごともなかったように青々としている。片田舎とはいえ、ここは街の中心部である。自分が軀を押しつけている壁のむこうでは、同僚たちが働いているのだ。いくらなんでも、ここで死ぬはずがない。悪い夢でも見ている気がして、自分の頰をつねったが、そんな月並みな行為で眼が覚めたためしはない。もしこれが夢なら、むしろ眠ったほうがいいかもしれない。だが目蓋(まぶた)を閉じても意識は冴(さ)えている。

「ちがう、ちがう」

石黒はわれにかえって、かぶりを振った。

頬をつねったり目蓋を閉じたり、無意味な行為に時間を費やしている場合ではない。落ちついて脱出の方法を考えるのではなかったのか。そう自分にいい聞かせたが、いくら知恵を絞っても、うまいアイデアは浮かんでこない。

腕時計の針は、もう夕方近い時刻をさしている。

このまま夜になったら、誰かに発見される可能性は皆無に近い。真っ暗なビルの隙間で夜を明かすのかと思ったら背筋が寒くなるが、夜が明けたところで発見される保証はない。

ただ、あしたになれば、美奈子が捜索願いをだすかもしれない。だからといって警察がただちに捜査をするとは思えないし、こんなところに自分がいるとは誰にも予想できないだろう。ということは、あしたになっても状況は変わらない。

誰かが屋上にあがって鞄を見つけたら、自分がここにいるのに気づく可能性はある。しかし、それがいつになるのか見当もつかない。

「――つまり、死ぬってことか」

ひとりごちてから急におかしくなった。あはあは、と石黒は乾いた声で笑った。

世の中に、これほど滑稽（こっけい）でくだらない死にかたがあるだろうか。大学をでてから二十六年も働いたあげく、ビルの隙間で死んだとあっては洒落（しゃれ）にもならない。

もっとも新聞やテレビのニュースを思いだせば、不可解な死を遂げた人物はいくらでもいる。いつだったかマンションの植え込みから、白骨化した男性の遺体がでてきたし、ビルの谷間で若い女性のミイラ化した遺体が見つかったこともある。

事件の詳細はおぼえていないが、ミイラ化した女性もこんな状況だったのかと思ったら鳥肌が立った。

ニュースを見ているときは他人事だったのに、いきなり自分が当事者になるとは理不尽極まりない。だが、いかに理不尽であっても、いったん起きてしまったことは受け入れるしかない。

石黒は現実から眼をそむけるように、ここから抜けだしたあとのことを思い浮かべた。自力で脱出するのか、それとも誰かに助けられるのかはべつにして、ここをでられたら今夜は祝杯をあげよう。もう仕事の愚痴はいわない。この苦痛にくらべれば、満員電車も吉光のいじめも、ものの数ではない。ふつうに生活できるだけで感謝しよう。ついでに煙草もやめて健康に気をつけよう。妻と息子にもやさしくしよう。

石黒は誰にいうともなく、あれこれ誓いをたてた。これは自分に課せられた試練だと、大げさなことも考えた。

われにかえると、いつのまにか両手をあわせていた。いままで神仏を信じたことはなかったが、自然にそんな心境になった。正確にいえば、祈るよりほかにできることはなかった。

真剣に祈りを捧げれば、なにかが起きるのではないか。そんな淡い期待もあったが、陽が暮れる頃になっても、まったく変化はなかった。

「ちくしょうッ」

石黒は怒声をあげて、やみくもに身をよじった。

長いあいだ不自然な姿勢を続けていたせいで、手足を動かすだけで関節が痛む。疲労が蓄積しているうえに、胸と腹の圧迫感も強まって息が荒くなってきた。

こんな中途半端な状態で苦しむよりは、ひと思いに地面に叩きつけられたほうがましだ。どう考えても、ここを抜けだす方法はないし、いくら待っても助けはこない。

やけになってもがいていたら、ずるりと軀がさがった。

一瞬、ほんとうに落ちるのかと肝を冷やしたが、まもなく腹が壁につかえた。溜息とともに地面に眼をやると、自分の足の三十センチほど下から、明かりが洩れている。

あたりが明るかったせいで、いままで気づかなかったが、位置からいって恐らく自分のデスクの横にある窓だろう。あそこまでたどり着ければ窓を蹴破れるかもしれない。もしガラスが割れなくても物音で誰かが気づくだろう。

「これで助かるぞ」

思いがけない発見に興奮したが、窓のそばまでおりようにも壁と壁の間隔は一段とせまくなっている。思いきり腹をひっこめても、ほんのすこししか軀はさがらない。

強引に下へいこうとすると、壁にはさまれた胸が潰れそうに痛む。肋骨が軋んで、息をするのもやっとだった。しかしどんなに苦しかろうと、あの窓に足が届くまではあきらめるわけにいかない。

石黒は息苦しさに耐えながら、じりじりと壁の隙間に軀を喰いこませた。

石黒が姿を消してから、ひと月が経った。

先週から梅雨に入って雨の日が続いている。

石黒は失踪したのか、それとも事故に巻きこまれたのか。さまざまな憶測を呼んだのは一週間ほどで、社内の話題にのぼるのはまれになった。美奈子の証言もあって、あらたな職場への適応障害が失踪へつながったという見方が強かった。

石黒のポストは空いたままだが、夏の人事で川尻が課長に昇進するという噂である。そんな噂があるせいか、川尻はいまだに石黒の行方を気にしている。

その日の昼休みも川尻は吉光のデスクに茶を運んで、

「石黒課長は、いったいどこへいったんでしょうね」

このところ何度となく繰りかえした台詞を口にした。

吉光は弁当の包みを開きながら、さあね、と肩をすくめた。

「ひょっこり、もどってきませんかね」

吉光は首を横に振って、

「いまさらもどってきたって、あいつの席はないよ」

「でも休職あつかいなんでしょう」

「それは事故に遭ってた場合を考慮してさ。事実上は解雇だよ」

「きびしいなあ」

川尻は内心の笑みを悟られないよう表情を引き締めると、石黒のデスクに眼をやった。デスクの横の窓には、雨にまじって黒いものがしたたっているが、気にとめる者はいなかった。けれども、その窓の上では、骨と皮だけに乾涸（ひから）びた石黒がひっそりと社内を窺（うかが）っていた。

鳥の巣

今邑彩

風呂から出てくると、部屋の電話が鳴っていた。

私は髪をタオルで拭きながら受話器を取った。

「もしもし、石川ですが」

「よう。佳織か」

聞き覚えのある男の声だった。しかし、誰だか思い出せない。それにしても、呼び捨てとは馴れ馴れしい。

「どなたですか」

私は冷たい声を装ってたずねた。

「おれだよ。おれ」

「…………」

「なんだ。もう忘れちまったのか。薄情なやつだなあ。おれだってば」

あ、思い出した。この若干東北訛りのあるイントネーション。たしか、この声は、大学時代の悪友、蓮見茂之の声だ。

「蓮見君？」

「やっと思い出したか」

「蓮見君かあ。元気？」

「まあね。おたくは」

「まあまあってとこ。卒業コンパ以来じゃない」

「野村とはまだつるんでるらしいな」

「彼女とは小学校から一緒だから。腐れ縁ってやつよ」

「その野村から聞いたんだけどさ、今年も就職浪人なんだって」

「そうなんだよ」

私は憂鬱（ゆううつ）な気分で答えた。女子学生の空前の就職難は当分続きそうだった。

「それで、今何やってるんだ」

「うちの手伝い」

渋々答える。

「うちって、何やってたっけ」

「本屋」

「店番やってるのか」

「まあそんなとこ」

「へえ、そりゃ忙しそうだな」

皮肉か、それは。

「そっちはどうなの。勤め先、どこだって言ったっけ」

「某生命保険会社だよ」

「よかったね。男に生まれたばかりに、私より成績悪かったのに、ちゃんと就職できて」

「それは皮肉か」

さっきのお返しだよ。

こんな調子で、学生時代の友人と、しばらく近況報告などしあっていたが、そのうち、蓮見がふと言った。

「おまえ、今度のゴールデンウイークあいてるか」

今は四月の半ばである。

「ゴールデンウイークのいつ？」

「いつでもいいけど」

「ちょっと待って」

私はスケジュールを見る振りをした。真っ白けの手帳をめくる音をわざとたてて、

「三日からなら空いてるけど」

もったいぶって、そう答えると、

「山中湖に行かないか」

「山中湖？」

「あそこの近くにうちの会社のリゾートマンションがあるんだよ。そのマンションってのが、ほら、おととしさ――」

と蓮見は何か言いかけ、急に思い直したように、

「ま、いいか。とにかく、そこに泊まれば、宿泊代ロハで遊べるぜ」

「他に誰か来るの」

蓮見と二人っきりというのはまずいな、と思いながらたずねると、

「天野に声かけたよ」

やはり大学時代の悪友の名前を言った。

「彼、行くって？」

「うん。それと野村も来るって。これから前田にも声かけてみるつもりだ」

「そう。みんな行くのか。それじゃ、私も行こうかな」

「ぜひ来いよ。おれたちは二日の夜には向こうに行ってるから。車で来るのか」

「そのつもりだけど」

「だったらね――」

蓮見はリゾートマンションまでの道順を簡単に説明した。私は受話器を肩にはさむ

と、ちょうど持っていた手帳にそれを書き留める。

「分かった」

「ハイム山中湖って看板の出た白い四階建てのマンションだから」

ハイム山中湖？　ふと聞き覚えのある名前だと思った。前にどこかで聞いたような……。

「たぶん201号室に泊まってると思う。留守だったら、勝手に入ってろよ」

「オーケー」

「じゃな」

「じゃ」

電話は切れた。

私は切れた電話を見詰めながら、さっき蓮見は何を言いかけてやめたのだろうと思った。

「そのマンションってのが、ほら、おととしさ――」

そう言いかけて、思い直したように蓮見はやめた。そのことが少し気になっていた。しかし、私は久し振りに大学時代の友人たちに会える喜びで、そのことはすぐに忘れてしまった。

*

国道138号線を忍野入り口で左手に入り、四、五十メートル行ったところに、なるほど、蓮見の言った通り、「ハイム山中湖」と看板の出た、四階建ての白いコンクリート造りの建物が建っていた。

国道をはさんで南に富士を望み、近くには山中湖が控えている。

某生命保険会社の保養施設のひとつで、休暇には、社員やその家族が利用できるようになっているという。

五月三日。

めざす建物が見えてきたので、少しほっとして、車のスピードを落とした。胸のあたりが鉛でも飲んだように重苦しかった。

渋滞に巻き込まれて、国道をかたつむりのようにのろのろと這ってきた疲れが、着いたと分かったとたんにどっと出たのかもしれない。

デジタル時計を見ると、すでに午後三時をすぎている。この前の電話では、蓮見は二日の夜には、こちらに来ていると言っていた。

リゾートマンションは築二十年はたっていると聞いていたが、それほど古びた感じはしなかった。

ただ、保養施設というわりには、あまり利用されていないのか、七十戸あるというマンションの窓には、人のいるような気配は感じられなかった。どの窓もカーテンがしまっている。

しかし、駐車スペースには、既に一台、国産の小豆色の車が停まっていた。やはり蓮見が来ているのだ。私はそう思った。

車を停め、シートベルトをはずすと、荷物を取りに後部トランクに回った。トランクをもちあげようとしたとき、ふいに胸苦しさをおぼえた。

胸を押えてその場にうずくまった。私には心臓に持病があった。ひどく疲れたり、興奮したりすると、しばしば心臓発作に襲われた。

しばらく発作とは疎遠になっていたので、少しうろたえてしまった。落ち着け、落ち着け。薬さえ飲めば発作はおさまる。自分にそう言い聞かせて薬を出そうとした。

トランクの中じゃない。すぐに取り出せるように、ショルダーバッグの中に入れてきたはずだ。

私は心臓を押え、よろめきながら、運転席に戻った。助手席にほうり出してあったショルダーバッグを開けて中を探った。しかし、どんなに手探りしても、錠剤を入れたケースが見付からなかった。

ない！

そんな馬鹿な。いつ発作が起きるか分からないから、いつも持ち歩いている。家を出るとき、ちゃんとこのバッグに入れたはずだった。

たしかにこのバッグに――と思いかけて、あっと叫びそうになった。

このバッグじゃない。出がけに靴の色になんとなく合わない気がして、前の晩に用意したバッグをこれに替えたことを思い出した。そのとき、財布や小物類は全部移したのに、小ポケットに入れておいた薬のケースだけは移し忘れたことを思い出したのだ。

薬はあのバッグの中だ。

なんということ！

薬がないと分かると、私の心臓はよけいパニックを起こした。痛みというより、ひどい呼吸困難に襲われて、息ができなくなった。

なにもかもが冷たくなっていく。足の先から手の指の先まで。氷の中に閉じ込められたような感覚になりながら、次第に意識が遠のいていくのを感じていた。

ちらと見ると、マンションの一階の窓のカーテンがかすかに揺らいで、人の顔が覗（のぞ）いたような気がした。さっきまで人の気配の全くなかった窓に。

しかし、助けを呼ぶ声も出なかった。

ああ、このまま死ぬのかもしれない。

私は薄れていく意識の中で、妙に冷静にそう思っていた。

＊

「どうかされましたか」

天から降ってきたような女性の声に、私ははっと我にかえった。気が付くと、運転席に俯せに寝そべっていた。ジーンズをはいていたからいいようなものの、二十三になる若い女が人前で取るポーズではない。

「気分でも悪いのですか」

今度は右肩に人の手が置かれた感触があった。意識と感覚がだんだん戻ってきた。冷え切っていたつま先や手の指に血が戻るのがハッキリと自分でも分かった。

助かったのか。

咄嗟にそう感じた。

のろのろと身体を起こす。乱れた髪を掻きあげながら、見ると、クリーム色のタートルネックのセーターを着た、四十年配の小柄な女性が心配そうな顔つきで私の方に身をかがめていた。

「大丈夫？　窓から見たら、あなたの様子がおかしかったものだから」

その女性は言った。

窓から見たら？

そういえば、一階の窓のカーテンが少し揺れて、人の顔が覗いたように見えたのを、薄れていく意識の片すみでとらえていたことを思い出した。

「もう大丈夫です。ちょっと心臓が悪いもので」

私はようやくそれだけ言った。

しゃべるのはまだしんどかったが、倒れる直前の絶望的な気分に比べると、だいぶ楽になっていた。とにかく呼吸が出来るというのは嬉しいことだ。空気がこんなにうまいと感じたのも久し振りだった。

「顔が真っ青ですよ」

女性の顔から心配そうな色は消えなかった。

「ほんとうに大丈夫です。あの、管理人さんですか」

私は無理にほほえんでそうたずねた。蓮見から、一階に管理人夫婦が住み着いていると聞いていたので、てっきりそうかと思ったのだ。

「いいえ――」

女性は首を振った。

そうじゃない？　ということは、この女性もマンションの利用客ということか。

私は声をかけてくれた女性に礼を言うと、再びトランクを開けて荷物を取り出した。マンションのエントランスに入ると、例の女性も後ろからついてきた。蓮見から、確か部屋は２０１号室だと聞いていた。

「ずいぶん静かなんですね」

私はそれとなくさっきの女性に話しかけた。管理人室の小窓もしまったままで、管理人らしき姿も見えない。ロビーはしんと静まり返っていた。

「ええ。私たちしかいないもんですから。夜なんかちょっと怖いくらいですよ」

女性はそう答えた。

私は女性を見た。

私たちしかいない？

それはどういう意味だろう。私たちというのは、誰をさしているのだ。この女性と蓮見だけという意味だろうか。

「子供たちもつまらながってるんですよ。他のおたくがまだ誰も来てないもんだから」

女性はそう続けて愛想笑いをした。

他のおたくが誰も来ていない……？

「あの、こちらの社員の方ですか」

　私は聞いてみた。

「ええ、主人が」

　女性はそう答え、「あなたも？」とたずねた。

「あ、いいえ。友達がここの社員なんです」

「あらそうなの」

「二日から泊まってるっていうんで訪ねてきたんです」

　女性は怪訝そうな顔をした。

「二日から泊まってる？」

「ええ。蓮見というんですが」

　私は立ち止まって女性の顔をまともに見た。なんとなく厭な予感がしていた。

「変ね。私たちも二日から泊まってますけれど、他にはどなたも来てませんよ」

　女性は首を振った。実直そうな顔で、嘘をついているようには見えなかった。

「え」

　私は口を開けた。

　ということは、蓮見はまだ来ていないのか。

「あの、私たちというのは？」

　念のために聞いてみた。

「ですから、うちの家族ですけど」

蓮見のやつめ。私は腹の中で舌打ちした。「二日の夜には来ているから」なんて調子のいいことを言って、まだ来ていないのだ。学生のときから、割りといいかげんなところのあるやつだった。今更ながら、そのことを思い出して、私は愕然とした。

「あの、管理人さんは？」

しかたない。管理人に訳を言って、２０１号室の鍵を開けて貰うしかなかった。

「それが朝から出掛けられたみたいで、今日は一度も会ってないんですよ」

女性はそう答えた。

「えー。そうなんですか。困っちゃったな」

私は頭を掻いた。

「しかたありません。また出直してきます」

溜息をついてそう言った。どこかで暇を潰して蓮見か管理人が帰ってくるのを待つしかなかった。

「出直すって？」

女性は気づかわしげな顔で私を見た。

「まあ、山中湖あたりをドライブして、もう一度来てみます」

「どちらからいらしたんですか」

「東京ですけど」

「それじゃ、渋滞で大変だったでしょう」

「ええまあ」

「唇の色がまだ悪いですよ。無理しない方がいいんじゃありませんか」

たしかにその通りだった。気分はだいぶ落ち着いたとはいえ、まだ胸の奥がざわめいていた。できれば、部屋の中でゆっくり休みたかった。それに、心臓の薬を持ってこなかったとなると、なるべく安静にしていた方がいい。そうは思ったが、蓮見がいないのでは、出直す以外に方法はないようだった。

そう思案していると、

「よろしかったら、お友達がいらっしゃるまでうちで休んでいかれたらいかがですか」

女性がふいにそう言った。

「え。でも、そんなのご迷惑じゃありませんか」

「いいえ。ちっとも。今、主人も子供たちも山中湖にボート乗りに行ってるんですよ。私はボートは酔ってしまってだめだから留守番していたんですけど、一人でちょっと退屈してたの。話し相手になってくださいな」

女性は嬉しそうに言った。言葉遣いも、いつのまにかくだけたものになっていた。感じの悪い人ではなかった。

「それなら、お言葉に甘えて」

渡りに船とばかりに、私はそう答えた。

*

「さあ、どうぞ」

１０３号室のドアを開けて、その女性は私を中に促した。

十畳ほどありそうなリビング兼ダイニングルームのテーブルには古新聞を敷いたさやえんどうの山があった。

室内には、椎茸(しいたけ)を甘く煮付けたような匂(にお)いが漂っている。

「あ、あの、私、石川佳織と言います」

まだ自己紹介をしていなかったことに気が付いて、私は慌ててそう言った。

「浜野(はまの)和子(かずこ)です――疲れてるようでしたら、お布団敷きましょうか」

浜野和子は言った。

「いえいえ、もうほんとに大丈夫ですから」

私は両手を振って辞退した。遠慮したわけではなかった。気分は嘘のように良くなっていた。

「佳織さんは学生さん?」

和子は台所にたって、ケトルをコンロにかけながらたずねた。レノマのポロシャツにスリムのカラージーンズをはいた私の恰好(かっこう)からそう判断したのだろうか。

「いえ、その、就職浪人です」

「あら、立ってないで、お座りになったら」

突っ立っている私を振りかえって、和子は笑いながら言った。

見回すとソファとダイニングチェアがある。ちょっと迷った末に、私はより台所に近いダイニングチェアの方に座った。なぜかこの方が落ち着くのだ。

しばらく、私の大学のことや、今年の就職状況のことなど話していたが、そのうち話題がなくなった。

「ご家族は何人なんですか」

さほど興味はなかったが、少し沈黙が続いたので、しかたなく、話の継ぎ穂として、私はそうたずねてみた。

浜野和子は専業主婦風に見えた。としたら、やっぱり家族の話題しかないだろうなと思ったのだ。

「私を入れて五人」

　台所から戻ってくると、和子はさっきまで座っていたらしい椅子に座った。私とダイニングテーブルを挟んで向き合うことになった。

「主人と主人の母と、高三になる娘と小六の息子」

　和子は歌うような口調で、さやえんどうのすじを取りながら言った。

「私も手伝います」

　私はさやえんどうの山に手を出した。何かしていた方が気詰まりでなくていい。さやえんどうのすじむきなんて、話をしながらするには最適の手仕事だった。

「今日は五目ごはんにしようと思って。家族の日のお夕飯はこれと決めているの。うち中が好きだから」

　聞きもしないのに、和子はさやえんどうの使い道を話してくれた。

「家族の日？」

　私が聞き返すと、

「ええ。今日は家族の日。五月三日はうちでは家族の日なのよ。この日だけは、何があっても、家族が揃ってごはんを食べる日。私が勝手に決めたんだけれど」

「はあ、そうなんですか」

　私は適当に相槌をうった。また話題がなくなってしまった。

　しばらく沈黙が続いた。和子が何を思ったか、ガタンと椅子をひいて立ち上がった。

リビングの方へ行ったかと思うと、リビングテーブルに置いてあった写真立てを持って戻ってきた。

「これが私の家族」

写真立てを私の方に押し付けた。私は内心やれやれと思った。そのうち、分厚いアルバムでも出してくるんじゃないかと思ったからだ。

しかたなく写真に目をやると、なるほど五人の老若男女が写っていた。四十年配の黒ぶちの眼鏡をかけたきまじめそうな中年男が夫だろうか。

真っ白になった髪を幼女のようにおかっぱに切り揃えた老女が姑で、ヨットパーカーのポケットに両手を突っ込んで今にも噴き出しそうな顔をしているのが長女。野球帽をはすに被って、Vサインをしている腕白そうなのが長男らしかった。

和子は家族の名前も教えてくれた。夫の名が友博。姑はタエ。長女が美加で、長男が友彦。

写真の中の和子は眩しそうに目を細めて笑っていた。まるで自分の幸福が眩しくてたまらないとでもいうように。

平凡で幸福そうな一家だった。

「仲の良さそうなご家族ですね」

私は写真を返しながら、そんな世辞を言った。

「今はね」

和子は返された写真を愛しそうに見詰めながらポツンと言った。

今はね？

ということは、以前はそうではなかったということなのか。私は少しだけ彼女の家族に興味を持った。人の不幸は蜜の味というわけではないが、幸福よりも不幸の方によりドラマ性があることは事実だ。

「今はねっておっしゃると？」

「崩壊寸前だったのよ」

和子は小粒の歯をちらと見せて笑った。

「崩壊寸前？」

私は思わず裏がえったような声をあげた。この写真を見る限り、どう見ても、崩壊寸前の家族には見えない。

「その写真はいつ撮られたんですか」

そうたずねると、

「ああ、これはなんとか持ち直したあとで撮ったものだから」

和子はそう説明した。

「それで、崩壊寸前って一体――」

　そう言いかけたとき、和子が突然耳を押えて、叫び声のようなものをあげた。卵に目鼻をつけたような顔立ちが醜く歪んでいる。ちょうどムンクの絵のようだった。

「どうかされたんですか」

　私はびっくりして声をかけた。

「今、鳥が――」

　和子は両耳から手を離して、喘ぐように言った。

「鳥が鳴いたでしょう？」

「鳥？」

「野鳥よ。キーって甲高い声で」

　和子は恐ろしそうな目で窓の外を見た。

　そう言われてみれば――

　このあたりは樹林を切り開いて作った平地らしいから、野鳥の声が聞こえても不思議ではない。それにしても、目の前の主婦の脅えようは普通ではなかった。

　野鳥が鳴いたと言っても、それほど凄い声だったわけではない。どうしてこんなに脅えるのだろう。

「私、鳥がだめなの」

　和子は急に取り乱したことを弁解するように言った。

「とくにあの甲高い鳴き声は。聞くとぞっとしてしまって」

鳥が嫌いなのか。世の中には鳥嫌いは少なくない。かく言う私も、鳥はどちらかといえば苦手な方だ。あの足がだめなのである。あれを見ると、文字通り、鳥肌がたつ。

「小学生の頃、学校帰りに、カラスに襲われたことがあるのよ。友達が何人かいたのに、なぜかカラスは私だけを執拗に狙って――頭をくちばしでつつかれて、縫うほどの怪我をしたわ。あれ以来、カラスだけじゃなくて鳥全般がだめになってしまったの」

和子はまたさやえんどうのすじを剝きはじめたが、その指先がかすかに震えていた。

「そうだったんですか」

子供の頃にそんな恐ろしい体験をすれば、誰だって鳥ぎらいになってしまうだろう。彼女の異様にみえた反応も、そう聞かされてみれば無理もないような気がした。

「でも、鳥が嫌いなのはそれだけじゃないの」

ふいに顔をあげて私を見た。

「さっき、崩壊寸前だったって言ったでしょ」

「え」

「私の家族よ」

「え、ええ」

「鳥のせいなのよ」

和子は秘密を打ち明けるように小声になった。

「………」

「鳥がね、私の家庭を壊そうとしたの」

さやえんどうのすじを剝く手を止めて、囁くように言う。

私はゴクリと唾を飲みこんだ。誘われるままにこの部屋にあがりこんだことを早くも後悔しはじめていた。目の前の主婦の人形めいた生気のない目には、何か人を不安にさせるものが宿っていた。彼女を脅えさせているものが私にも伝染したような気分になった。

「復讐なのよ。陰湿な復讐。鳥って陰湿だと思わない？　あの目。とっても陰湿そうな目をしてるじゃない」

「あの、復讐って？」

私は咳払いをしてから言った。

浜野和子は私の方に身を乗り出して、しゃがれた声で囁いた。

「私が彼女の巣を壊したから」

＊

生臭いような口臭がした。なんとなくぞっとして、黙っていると、和子は話を続けた。さやえんどうのすじを剝きながら、私に話すというよりも、独り言でも言うような調子で。

「あれは三年前の今頃のことだったわ。今日みたいに家族でここに遊びに来ていて、主人や子供たちは山中湖にボートに乗りに出掛けていた。私は一人で留守番していたのよ。こうしてお夕飯の準備をしながらね。そして、なにげなく、ベランダの方を見たら——」

和子はそう言って、実際にふと視線を泳がせて、ベランダの方を見た。私もついつられて同じことをした。

「鳥がね——雀よりも少し大きいくらいの野鳥だったわ。ベランダにずっとだしっぱなしになっていた長靴の上に止まっていたのよ。私は鳥が飛び去ってから、なんとなく気になって、ベランダに出てみたの。前日も同じような鳥が長靴に止まっていたのを見たもんだから。なんだろうって思って。長靴の中を覗(のぞ)いて驚いたわ。何があったと思う？」

「さあ」

私は首を傾(かし)げた。

「巣よ。鳥が巣を作っていたのよ」

「へえ」

「鳥って、おもいもかけないような所に巣を作るのね。小さな卵が幾つも生み付けてあったわ。私はそれを見ているうちに、なぜかは分からないけど、子供の頃、カラスに襲われたことを思い出したのよ。この卵がかえれば、また鳥が増えるんだ。そう考えていたら、なんだか憎たらしいような気がしてきて――」

ピーというけたたましい音がした。私はぎょっとして椅子から飛び上がりそうになった。鳥の鳴き声ではなかった。コンロにかけたケトルの音だった。和子は話の途中で立ち上がると、台所に行った。しばらくして、二人分のコーヒーをいれて戻ってきた。

「それでね、長靴ごと、裏にある焼却炉に放りこんで燃やしてしまったの」

私の方にコーヒーカップを差し出しながら言った。

私は黙って、目でコーヒーの礼を言った。砂糖壺からグラニュー糖を掬い出し、それをコーヒーの中にいれた。スプーンでかきまぜる。

浜野和子も同じことをした。

「ミルクは?」

「いえ――」

「よかった。ちょうど切らしてたのよ。それでね」

彼女は話し続けた。

「あとですぐに後悔したけれど、そのときはもう遅かったわ。なぜあんなことをしたのか分からない。でも、あのときは、そうせずにはいられない気分になってしまったのよ。家族は誰もいなかったし、誰にも見られなかったと思ってたわ。でも、私がしたことを見ていたものがいたのよ」

和子は一層声を低めた。

「誰だったんですか」

私は口元まで運んだコーヒーカップから目をあげた。

「鳥よ」

「え」

「あの野鳥よ。親鳥よ。きっと、どこかで私がすることをじっと見ていたんだわ」

「……………」

「ここに戻ってくると、鳥がそこの手摺（てすり）の上につかまって、じっとこちらを見ていたのよ」

和子はふらふらと片手をあげて、ベランダの囲いの手摺を指さした。

まるで今もそこに鳥がいるように。私はベランダを見た。むろん、そこには鳥などいなかった。

「こう、胸のところに、筆でさっと撫でたような白い模様のある鳥だったわ。本能的にあれが雌だと分かったわ。それが、じいっと私の方を見ていたのよ。私は金縛りにあったように動けなかった。そのうち、鳥は一声、キーって、心臓が引き裂かれるような悲痛な声をあげたかと思うと、飛び去って行った」

和子はベランダの方を見詰めたまま言った。彼女の目には、私には見えない鳥の姿が見えているようだった。

「その日からだわ。それまで波風ひとつたてずに暮らしてきた私の家庭が崩壊しはじめたのは――」

＊

「はじまりは無言電話だった」

和子は言った。

「七月に入ってしばらくしてからだったわ。うちに無言電話がかかりはじめたの。昼間のことも深夜のこともあったわ。私や娘が出ると、しばらく黙ったあとで切れてしまう。でも、夫が出ると切れないの。まさかと思ったわ。その前から、なんとなく夫のそぶりがおかしいことに気が付いていたから。

それとなく探りをいれてみたけれど上手くはぐらかされてしまう。それで、私、電話帳で探偵社を調べて、調査を頼んだのよ――」

　浜野和子は熱にうかされたような目で話し続けた。私はただ黙って聞いているしかなかった。

「しばらくして調査結果が送られてきたわ。やっぱり私の思った通りだった。夫は会社近くの、よく昼休みに寄る喫茶店の、二十八になるウエイトレスと浮気していたのよ。調査書には、夫と一緒のところを写したその女の写真も入っていた。それを見て、私、ぞうっとしたわ。だって――」

　和子はいったん言葉を切り、気持ちを鎮めるように胸に手をあてると、こう続けた。

「その女、鳥にそっくりだったんですもの。痩せこけて、キロンとした目をした、鳥そっくりな女だったのよ」

　私はお尻のあたりがもぞもぞしてきた。目の前の主婦になんとなく無気味なものを感じはじめていた。

　薄い胸に撫で肩。目鼻立ちも手もちまちまとした、平凡な感じの中年女性だった。だが、どことなく異様な雰囲気があった。どこがどうとは言えないのだが。それに、彼女の身体から漂ってくるとしか思えない、この妙に生臭い匂い。

　これは一体何だろう。

「けっして夫の好みのタイプではなかった。あんな痩せこけた鳥みたいな女、誰が好きになるもんですか。あの鳥の復讐だ。私はすぐにピンときたわ。調査書によれば、主人がその女と親密になったのは、ゴールデンウィークが終わったあとからだったらしいし——」

「それで、そのことをご主人に話したんですか」

私はついそうたずねてしまった。今すぐにでも椅子を蹴倒して、この部屋から出て行きたいという衝動と、ここに居座って話の続きを聞いていたいという、全くあい反する二つの感情の板挟みになりながら。

「いいえ」

和子は溜息をついて首を振った。

「一晩悶々としたあげく、結局、女のことは話さなかったわ。浮気だということは分かっていたし、私さえ気付かぬ振りをしていれば、そのうち夫も目が覚めるだろうと思ったから。それに、探偵社を使って夫の素行を調べたことを知られたくはなかったし。ここは騒ぎたてずにそっとしておこうと——」

和子の声が心持ち気弱になったような気がした。このあたりが専業主婦の弱いところなのかもしれない。

「でも、夫の浮気を知ってしまった苛立ちは、たとえ口に出して言わなくても、私の態度や言葉のはしばしに現れるようになっていたのね。私はその頃から、ささいなことでよくヒステリーを起こすようになったわ」

和子は溜息まじりでそう続けた。

「友彦のテストの成績が良くないとか、美加が友達と長電話をしすぎるとか、今までだったらさほど気にならなかったことが、たまらなく神経に障るようになったのよ。偏頭痛に悩まされるようになったのもあの頃からだった。そんな折り、それまで一度も衝突したことがなかった姑と大喧嘩をしてしまったの――」

原因はたわいもないことだった。姑のタエが、孫の友彦に、和子が禁じていたチョコレートやスナック菓子の類いを、こっそり買い与えているのを見てしまったことだと言う。

「前から変だと思っていたのよ。あれほど気をつけていたのに、友彦の虫歯がいっこうになくならないから、私に隠れて買い食いでもしてるのかと思ったら、よりにもよって姑が陰で虫歯の元を与え続けていたなんて。ただでさえ、いらいらしていた私はそれを見て、思わずカッとしてしまった」

和子はさやえんどうのすじを毟り取るように引き千切った。

「それで、姑にそういうことは今後やめてくださいとお願いしたわ。すると、姑は可愛い孫に菓子のひとつでも買い与えてはいけないのかと言い返した。今までなら、そこで言い争いの一つ二つをしても、翌日になればケロリとして仲直りというのが御定まりだった。それが、その日に限って、そうは事がおさまらなかった——」

烈しい口喧嘩の末に、姑は荷物をまとめて出て行き、その夜、岐阜に住んでいた義妹から、母をしばらく預かるという電話が入ったのだという。

和子は当時のことを思い出すような目で宙を見詰めていた。

「もともと、私と姑は、相性がいいというか、そんなにいがみ合うような仲じゃなかったのよ。夫とは見合い結婚だったんだけれど、最初に私を気にいってくれたのは、姑の方だったわ。近所の人にも、『よく気のつく良い嫁だ』なんて誉めていたくらいなのよ。それが、あんな醜い言い争いをするなんて。私はどうかしてた。言い争っているとき、一瞬、姑の顔が鳥に見えたのよ。あ、この人の顔、鳥に似ている。そう思ったら、急に憎たらしくなって——」

和子は堰を切ったように話し続けた。

そのうち、長男の友彦の様子がおかしくなった。友彦はおばあちゃん子だった。大好きな祖母がいなくなったことが少年の精神状態を不安定にしたらしい。

「ある日、友彦の担任から電話がかかってきて、友彦のことでぜひ会って話したいことがあるって言うのよ」

和子は思い出したように、コーヒーに手を伸ばした。

「何事かと思って、近くの喫茶店で担任と会ったわ。担任は、三十すぎの女性教師で、痩せて髪が長く、どことなく鳥に似ていたわ——」

また鳥か、といささかうんざりした。浜野和子はどうやら、鳥ノイローゼに罹っていたようだった。自分にとって都合の悪い人間はみな鳥のように見えるらしい。一種の神経症ではないかと、腹の中で私は思った。

「成績の話かと思ったらそうじゃなかった。友彦が学校で飼っていた兎を殺したらしいと言うのよ」

「殺した？」

私はつい口をはさんでしまった。

「ええ。兎小屋の兎が一羽、殴り殺されているのが、先日の月曜日の朝に発見されたと言うのよ。しかも、日曜日の夜七時頃、うちの友彦が金属バットを持って校庭をうろついていたのを見たという生徒が現れて、友彦が兎を殺した犯人だという噂が学校中に広まっている。担任はそんなことを話したわ。友彦に聞いたら、その時間帯ならうちにいたと言ったというのよ。それは本当かと聞くから、私はその通りだと答えたわ。教師は信じたみたいだったけれど、でも、それは嘘だった。あの夜、友彦は夕飯をすませると、宿題を友達の家ですると言って自転車で出掛けていったのよ。あとで、その友達の家に電話をしてみたら、友彦が来ていなかったことが分かった——」

「それじゃ、友彦君が兎を？」

私はおそるおそるたずねた。

「わからない」

和子は首を振った。

「わからないって、友彦君に聞かなかったんですか」

「そんなこと怖くて聞けるもんですか。担任と会ったことは友彦には話さなかったわ。それに、祖母がいなくなったのは私のせいだと思っていたあの子は、私とは口をきかなくなっていたし。

担任の方も一応私の話を信じてくれて、それ以上の追及をする気はないみたいだったんで、その問題は私一人の胸に納めることにしたの。

それでも、目の前が真っ暗になるような気がした。友彦は腕白だったけれど、そんな、小動物をむやみに傷つけたりいじめたりするような子供ではないと思っていたのに。

そのあと、学校では兎の問題は臭いものには蓋式に処理されてしまったようだけど、友彦が兎を殺したらしいという噂はすぐには消えなかった。そのことで、友彦は友達から仲間はずれにされ、いじめられるようになっていたのね。そのうち学校へ行くのを厭がるようになったわ。仮病を使ったり、学校へ行く振りをして、ゲームセンターで一日中遊んでいたり。

そのあげくに、とうとう本屋でコミック本を万引しようとして補導される始末。もう、私はどうしていいか分からなくなっていた——」

和子はふと黙った。私はそわそわした。しかし、彼女はまた黙ったときの唐突さでしゃべりはじめた。

「しかも、おかしくなりはじめていたのは、息子だけじゃなかった。長女の美加まで、私に隠れてとんでもないことをしていたのよ。美加は弟とは違って、小学校の頃から学校の成績もよくて手のかからない子だったわ。中学もずっとトップ・クラスで、一流の進学校へ難なくパスしてくれた。高校へ入ってからも全く問題のない子だったわ。

ところが、やっぱりゴールデンウィークを過ぎた頃から少しずつ様子が変わってきたのよ。それまでは、学校から帰ってくると、友達や先生のことを聞かれなくても楽しそうに話してくれたわ。それが、何も言わなくなった——」

成績もどんどん下がりはじめ、その頃から、「友達の家に泊まってグループ学習する」という名目で外泊することが多くなった。

それでも娘を信用しきっていた和子は、最初はまったく疑わなかったという。

ところが、ある日、美加が留守のときに、美加の部屋を掃除していた和子は、押し入れの中から奇妙なものを発見した。何十万もするブランド物のバッグや服やアクセサリーがごっそり出てきたのだ。どれひとつとっても、美加に与えていたお小遣いで買えるしろものではなかった。

「びっくりして、私は娘が帰ってくるとすぐに問いただしたわ。すると、娘は、鼻先で笑って、『全部、お小遣いで買った』と言ったわ。『こんな高いものを？』と聞くと、『それは偽ブランドだから、本当は安いんだ』と言うのよ。でも、すぐに嘘だと分かった。そんな安物には見えなかったし、美加の態度がどことなくおかしかったから。問い詰めてとうとう白状させたわ。信じられなかった。テレホンクラブを通じて知り合った男性に買って貰ったというのよ。それも一人じゃない。中には夫くらいの年配の会社員もいたというの。もう私は息が止まるほど驚いて、そんなことはすぐにやめろと言ったわ。すると、娘はせせら笑って、べつに売春してるわけじゃない。ただちょっとデートしてやるだけで勝手に向こうが喜んで、何でも買ってくれるんだからいいじゃない。そう言ったわ。私は思わず美加のほっぺたをひっぱたいていた。

　すると、あの子は形相を変えて私を罵った。今まで聞いたこともないような口汚い言葉を機関銃のように浴びせて。私の心臓が凍り付くようなことまで言ったわ。『私のことよりパパのことを心配したら？』って言い出したのよ。『それはどういう意味？』って問い返したら、美加は私を哀れむように見て嗤ったわ――」

　和子は深い溜息を漏らした。

「そして、身の回りのものだけ持ってプイとうちを出て行ってしまった。私には追い掛ける気力もなかった。美加は夫とあのウエイトレスのことを知っていたのよ。どうして知ったのかは分からないけれど、知っていたからあんなことを言ったのだと思ったわ。

なにもかもがあの鳥女のせいだと思った。あんなに良い子だった美加があんな風になったのも、姑が出て行ったのも、そのせいで友彦がおかしくなったのも。それで、耐え切れなくなった私は、とうとう、その夜、あの女のことを夫に話したのよ。浮気がばれたことを知れば、夫は私に詫びを入れて、すぐに女とは別れると思ったから。私たち夫婦の仲が元どおりになれば、子供たちも前のようになってくれる。そう信じて。ところが――」

和子はまた、ふいに言葉を飲んだ。俯いて黙っている。

「ところが、どうしたんですか」

じれったくなって私は先を促した。

「夫は詫びるどころか開き直ったのよ。向こうの女に子供ができたので、この際だから、私と離婚すると言い出したのよ。信じられる？」

「…………」

「これまで私たちが築き上げてきたものが、いともたやすくガラガラと音をたてて崩れていくのを聞いたような気がした。まるで、一生分の不幸が襲いかかったみたいだった。鳥の呪いだ。これは、私に巣を壊されたあの鳥の呪いだ。私はそう確信したわ。あの鳥が今度は私の巣を壊そうとしている。私の家族を一人ずつ私から引き離して、私の家庭を壊そうとしている。そうはさせるものか。私は決心したわ。絶対に私の家庭を守ってみせるって」

そのときの決意を思い出したように、それまで生気のなかった和子の目がギラギラと燃えていた。

「それで、まず、あの鳥女の子供が本当に夫の子かどうか調べてみることにしたわ。例の探偵社に頼んで、今度はこの女の周辺を徹底的に調べて貰ったの。そうしたら、案の定、その女には、夫以外にも親密な交際を続けていた男が何人もいたのよ。私はその報告書を夫に突き付けてやったわ。夫はひどくうろたえたようだった。

それから、私は義妹の家まで姑に会いに行った。姑も向こうの家で幾分気詰まりな思いをしていたらしくて、私の方から頭を下げると、待ってましたとばかりに帰ってきたわ。案の定、大好きな祖母が帰ってきたおかげで、友彦の精神状態が目に見えてよくなりはじめた。夫は離婚の決意を翻し、友達の家を転々としていた美加を私は迎えに行った。

こうやって、私は、少しずつ、壊れかけていたところを修繕していったわ。根気よく、愛情を傾けて。一年かかったわ。ボロボロになって崩壊寸前だった家庭を元どおり、いえ、前以上に強い絆で結ばれた家に建て直すのに――」

和子は遠い目をした。偉業をなしとげたような自己満足の喜びがその目に宿っていた。

「それで、前以上の絆で結ばれるようになった私たちは、おととし、ゴールデンウィークにここにやって来たのよ。家族揃って。私はあの鳥に勝った。私の大事な家族をあの鳥に見せ付けてやろうと思ったの」

私の頭の中で、ある記憶がうごめいていた。五月三日。五人の家族。鳥。五月三日。五人の家族。鳥――

何だろう。

思い出せそうで思い出せない。

そういえば、蓮見から電話があったとき、彼が言いかけてやめたことがあったっけ。たしか、「そのマンションってのは、ほら、おととしさ――」とか言っていた。

おととし？

おととしここで何があったのだろう。

「私、馬鹿だったわ」

勝ち誇っていた和子の目が一瞬のうちに曇った。

「私はあの鳥に勝ったと思っていた。でも、そうじゃなかった。鳥は狡猾だった。鳥は私たちを滅ぼすために、もっと別のことを考えていたのよ」

和子の目がまた生気をうしなってガラス玉のようになった。

「別のことって？」

私は生唾を飲み込んだ。

「鳥はね、また巣を作っていたのよ。私たちのいない間に。でも、今度は長靴の中なんかじゃなかった。もっと見付かりにくいところ。しかも、そこに巣を作ることで、私たち一家を滅ぼすことができるところ。どこだか分かる？」

和子は私の目をじっと見詰めた。

何か厭なことを思い出しそうになっていた。おととし。五月三日。五人の家族。鳥の巣。それを振り払うように、私は頭を振った。

「分からない？」

和子は満足そうににんまりと笑うと、

「あのこと、新聞で読まなかった？」

突然そんなことを言った。

「あのこと？」

「新聞にも載ったのよ。私たちのこと」

もしかしたら——

「知らないなら、教えてあげる」

和子はまた私の方に身を乗り出した。

「鳥が巣を作ったのはね」

囁くような声で、生臭い息を吐きかけながら、こう言った。

「プロパンガスの吸排気筒の中」

＊

私はあっと言いそうになった。

プロパンガスの吸排気筒の中。鳥の巣。

浜野和子の一言で何もかも思い出したのだ。

新聞だった。

おととしの新聞の朝刊に載っていた記事を思い出したのだ。

五月三日の夜、山中湖のリゾートマンションで起きたいたましいガス中毒事故の記事。そのことをまざまざと思い出したのだ。

たしか記事の内容はこうだった。

被害者たちの遺体は、五月四日の朝、管理人によって発見された。二日から泊まりに来ていた東京本社の社員とその家族だった。その日はこの五人しか利用者はいなかったらしい。死因は一酸化炭素中毒だった。プロパンガスの吸排気筒に鳥の巣が詰まっていたことが事故の原因だった。

発見されたとき、家族五人のうち、四人までは既に手のほどこしようがなかったが、ただ一人、庭に這い出していた、四十になる主婦だけが駆け付けた救急隊の看護でかろうじて息を吹き返したということだった。

亡くなった家族の名字はたしか——そう、浜野だった。

私はぞっとした。二の腕にさっと鳥肌がたった。

目の前の女があの事故の生き残り？

一人だけ助かったという主婦だというのだろうか。

「五月三日の夜は冷え込んでね。私たちは夕飯を済ませたあとで暖房をつけたのよ。夫と友彦は一緒にお風呂に入っていたわ。私と姑と美加はそこでテレビを見ていた」

和子は暗い目でリビングのソファを指さした。

そういえば、一家の主人と長男は風呂場の中で、長女と姑がリビングで、それぞれ遺体となって発見されたと新聞には書いてあった。

「最初、ひどく頭痛がしてきて、吐き気に襲われたのよ。いつもの偏頭痛かと思ったんだけれど、そのうちただ事ではないと感じて。でもそのときは遅かった。何が起きたのか分からなかった。私は夢中で庭の方に這い出して——意識を取り戻したとき、病院のベッドにいたわ。そこで夫も姑も子供たちも、みんな死んだと聞かされたわ。ガス中毒だったって。

あとになって、ガス漏れの原因は、吸排気筒に詰まった鳥の巣だったと知らされた。それを聞いて、私は笑い出してしまったわ。医者も看護婦もぎょっとしたような顔をしていた。気でも違ったのかと思ったらしいわ。そうじゃない。だって、あんまり見事だったんですもの。そうは思わない？　鳥は私から家族をもぎとることに成功したのよ。私が一年間あんなに必死になって守ってきた家族を、いともたやすく私から取り上げてしまったんですもの。ガス用の吸排気筒に巣を作ることでね。こんな完璧な復讐ってあるかしら。巣を作ることで、私の巣を壊したのよ、あの鳥は」

浜野和子は、たった一人だけ生き残った女は、そう言って、さもおかしそうに甲高い声で笑いはじめた。

この女は神経をやられている。私は咄嗟にそう思った。この部屋にはいって、彼女と向かいあったときから、なんとなく感じていた違和感のようなものの正体がつかめた気がした。

一酸化炭素中毒の後遺症かもしれない。和子は命は取りとめたものの、神経を冒されてしまったのだ。あるいは、最愛の家族を失って心が壊れてしまったのか。

「あの、私そろそろ」

　私は椅子(いす)から立ち上がりかけた。浜野和子には同情するが、これ以上彼女のそばにいることは耐えられなくなっていた。

「そろそろって、なあに？」

　彼女はきょとんとした顔をした。

「いえ、その、おいとましなければ――」

　私はそわそわしながら言った。

「おいとま？　あら、だって、蓮見さんっておっしゃったかしら。まだ見えてないみたいよ」

　和子は不思議そうな口調で言った。

「え、ええ。でも、もしかしたら、私の勘違いで、彼は今日ここにはこないかもしれません。私なら大丈夫です。どこかに宿でも探しますから」

「何も宿なんか探さなくてもいいじゃない。ここに泊まっていけばいいわ。あなたの寝る場所くらい充分あるわよ。それに、主人たちももう戻ってくる頃だし」

　和子はごく自然な口調で、時計を見ながらそう言った。

　主人たちも戻ってくる？

どこから戻ってくるのだ？

「戻ってくるって、一体どこから――」

私はカラカラになった喉から声を絞り出した。

「あら、さっき言わなかったかしら？　山中湖にボート乗りに行ったって。もう暗くなってきたから、そろそろ戻る頃だわ」

和子は窓の外を見た。いつのまにか外は薄暗くなっていた。

やはり彼女はおかしい。私は生唾を飲み込みながら思った。神経がおかしいのだ。だから、家族が既に死んだことを忘れている。一緒に来たような錯覚に陥っているに違いない。

「あの、でも、さっきご家族はお亡くなりになったって」

私はおそるおそる言ってみた。

「帰ってきますよ。だって、今日は五月三日ですもの。家族の日ですもの。何があっても、家族が揃ってごはんを食べる日ですもの」

和子は楽しそうに、歌うような口調で言った。

家族の日。

何があっても？

「去年だって、ちゃんと五月三日は五人でお夕飯を食べたんだから」

彼女は狂っている。私はそう確信した。帰るはずのない家族が帰ってくると信じているのだ。もはやここに留まる気にはなれなかった。

「あの、私。やっぱりもうおいとまします」

私は椅子を蹴倒すような勢いで立ち上がった。こんな頭のおかしな女の相手をこれ以上するのは真っ平だった。

「そうお？ 残念だわ。主人たちにあなたのことを紹介したかったのに。もう少し待てば、きっと――」

和子がそう言いかけたとき、玄関のチャイムが鳴った。

*

私の心臓がゴトンと厭な音をたてた。

思わず玄関の方を見る。凍り付いたように身体が動かなかった。

「ほら帰ってきたわ」

和子は嬉しそうに椅子から立ち上がった。

「はあい」と答えて玄関に出て行った。

私はただ呆然としていた。

がやがやと人の話し声がしたかと思うと、黄色いトレーナーに紺色の半ズボンをはいた少年が飛び込んできた。

私を見ると、ちょっと驚いたように、立ち止まった。

「お姉さん、だあれ」

無邪気な目をして私を見上げた。

私は震えていた。声がすぐに出なかった。

あの写真の少年だった。

「お客さん？」

野太い中年の男性の声がしたかと思うと、

「ええ。さっき来たばかり。蓮見さんという方を訪ねてみえたとかで。車の中で心臓発作を起こして倒れていたのよ」

和子の声がした。

「ああ、あの車か。駐車場に停まっていた」

「あなた、蓮見さんてご存じ？」

「いや、知らないな」

「部署が違うのかしらね」

声の主があらわれた。

体格の良い、黒ぶちの眼鏡をかけた、四十年配の中年男だった。写真の中と同じ白いポロシャツを着ていた。

「いらっしゃい」

私の方を見ると、笑顔になって軽く頭をさげた。この男の後ろから、高校生くらいの少女と、白髪を幼女のように切り揃えた老女が入ってきた。

これはどういうことだ。

私は卒倒しそうになりながら、かろうじて立っていた。車の中で起きたような発作に襲われないのが不思議なくらいだった。

「ほら、言ったとおり、ちゃんと帰ってきたでしょう?」

彼女は誇らしげに言った。

「紹介するわね。こちらが主人——」

和子がにこにこしながらそう言いかけたが、私は聞いていなかった。突然、頭にひらめいたことがあった。

蓮見だ。

蓮見に違いない。

これはすべて、蓮見茂之が私を怖がらせようとして仕組んだことではないか。

そんな考えが頭を支配していたのだ。

学生時代から悪戯好きだった、あの男ならやりそうなことだった。

きっと、この人たちは蓮見の知り合いか何かなんだろう。上司とその家族かもしれない。浜野という一家ではない。蓮見が二日に来ていると電話では言っておきながら姿を見せなかったのは、みんな、この狂言のためだったのだ。

ひょっとしたら――

私ははっとしてあたりを見回した。蓮見と悪友たちが部屋のどこかに隠れて、私がうろたえ怖がるさまを、笑いを圧し殺して覗き見しているのではないか。そんな疑惑に駆られた。

「分かったわよ」

私はにやりとして大声で言った。おそらく隣の部屋にでも隠れている蓮見たちに聞こえるように。

「あなたがた、蓮見君の知り合いなんでしょう？」

私は浜野和子と名乗った女を笑いながら睨んだ。

「何を言っているの」

女はきょとんとした。

「しらばっくれても駄目よ。もう分かってるんだから。蓮見君。あなたでしょう。こんな猿芝居を思いついたのは」

私はそう言って、隣の部屋に続くふすまをカラリと開けてみた。

がらんとして誰もいなかった。

「隠れてないで出てらっしゃい。ネタは割れてるんだから」

私は鬼ごっこでも楽しむように、押し入れや物置を次々と開けた。他の部屋へも行ってみた。トイレも風呂場も見た。

しかし、蓮見はおろか、猫の子一匹いなかった。

ここに隠れていたんじゃないのか。

拍子抜けした思いで、首をかしげながら、さっきまでいた部屋に戻ってくると、

「もしかしたら、あなた――」

浜野和子と名乗った女が、私の顔をまじまじと見ながら言った。

「まだ気付いてないの？」

「え？」

気付く？　何のことだ。

「気付いてないんだよ。おれたちのときもそうだったじゃないか」

ソファに座って煙草をくわえようとしていた中年男が愉快そうに言った。

「そうだわ。あなたまだ知らないのね。気付いてないんだわ」

女も愉快そうに笑い出した。

高校生の娘がテレビをつけた。

「何のことですか」

私はむっとして言い返した。

「そうよね。気付かなくても無理ないわよね。私だってすぐには気付かなかったもの。こんな膨れ上がった顔をして天井からぶら下がってる自分を見ても、あらこの人誰かしら、なんて最初は思ってたくらいですもの」

和子がようやく笑いをおさめて言った。

気付くとか分かるとか何のことなのだ。私は彼女の言っていることが全く理解できなかった。やっぱり、この女は頭がおかしいのだ。いや、この女だけじゃない。この女の家族だという人たちも。もし、これが蓮見の仕組んだ猿芝居ではないとしたら、一体、この連中は——

「さっき言い忘れたことが一つあるのよ」

和子がまじめな顔になって言った。

「去年の五月三日も家族揃ったって言ったでしょ。でも、そのためには、私、少し苦しい思いをしなければならなかったの」

和子はそんなことを言って、小鳩のようにくっくと笑った。

「苦しい思いって？」

私はなんとなく厭な予感にうたれながら、それでもそうたずねていた。

「苦しいって言ったって、ほんの一瞬のことだった。家族に会える喜びに較べたら、どうってことなかったわ」

和子はこともなげに言った。

「だって、私だけが取り残されてしまったわけでしょう。このままでは会えないじゃない。夫たちが来てくれるか、私の方から行くか。どちらかしかないわけだわ。私たちが揃うためには」

「…………」

私はただ女の顔を見ていた。

「それでね、考えた末に、私の方が行くことにしたのよ。それが一番いいことだって思ったの。家族の日を決めたのは私なんだから。それでね、そこにロープをかけて――」

和子はくすくす笑いながら、天井を指さした。

「ぶらさがったのよ、私。ブランと下に」

＊

私は目を見開いていた。

何を言っているのだ、この女は。

「だけど、首吊りなんてするもんじゃないわね。見てよ。まだ痕が残ってるのよ」

彼女はそう言って、タートルネックのセーターの首を指でつまんで見せた。

細い白い喉には、赤黒い紐状の痕がクッキリとついていた。

これは何か悪い冗談だ。でなければ悪夢か。

私は脇の下に脂汗をかきながらそう思っていた。

「自殺未遂――だったんですか」

自分の声とは信じられないような、しゃがれた声でかろうじて言った。

「未遂？」

和子はきょとんとした。

「何、言ってるの。未遂じゃないわ。死んだのよ。だから、こうしてここにいるんじゃない」

当然のことのように言う。

私は何がなんだか分からなくなった。目の前の女は自分が死んだと言っている。ということは、私が見ているのは何なのだ。

しかし、そういえば――

私はもう一つ思い出すことがあった。

去年の五月三日、このマンションで家族をガス事故で失った中年女性が首吊り自殺をしたという小さな記事を新聞で読んだような記憶がかすかにあった。

今、目の前にいるのは亡霊なのか。浜野和子も、和子の家族も。

家族たちはみな、妙に血色の良い、バラ色の顔をしていた。

ガス中毒で死んだ人の顔はバラ色をしていると何かで読んだことがあった……。

そんな馬鹿な。

亡霊たちがこんなに生々しく存在しているはずがない。こんなに身近に日常的に、さやえんどうのすじなんかむいたり、テレビを見たり、煙草を吹かしたりしているわけがない。

「参ったな。おれたちを幽霊でも見るような目で見てるよ」

中年男が血色の良い顔で笑った。

「いつまでも知らないままでは可哀そうだよ。外を見せておやりなさい」

そう言ったのは白髪の老女だった。

「そうね、お姑さん」

和子は、ベランダ側ではない、もう一つの窓の方に近付くと、私を手招きした。

「ちょっと来てご覧なさい」

その窓はさっきからずっとカーテンがしまったままだった。駐車場に面した窓。私が車の中で気を失いかけたとき、彼女の顔がちらと覗いたように見えた、あの窓である。

「あれを見てご覧なさい」

女はカーテンをさっと引いた。

夕闇のたちこめた駐車場に人だかりができていた。私の車の中から、救急隊員のような恰好をした人たちが毛布をかぶせた担架を運び出して行く。

私は思わず窓に取り付いて、目をこらした。

人だかりの中に、蓮見茂之と、やはり大学時代の悪友だった野村里子と天野和雄を見付け出したからだ。三人とも沈鬱な表情で運ばれて行く担架を見送っている。野村里子は烈しく泣きじゃくっていた。

何があったというの。

それに、あの人たちはよってたかって、私の車から何を運び出そうとしているのだ。

私は窓をガラリと開けた。

「蓮見君。野村さん」

身を乗り出して友人たちの名前を呼んだ。

大声で何度も呼んだ。

しかし誰も振り向かなかった。私の方を見る者は誰もいない。

こんなに間近で叫んでいるというのに。

まるで私など存在していないかのように、彼らは私を無視していた。

存在していないかのように？

まさか。

担架で運ばれて行ったのは——

私の全身が総毛だった。

私はあのとき助かったんじゃなかったのか。和子から声をかけられて、意識を取り戻したのではなかった？

私はどこにいるのだろう。

ふいに背中に女の手が触れる感触があった。耳の後ろに生暖かい息がかかった。女は優しい声で囁(ささや)いた。

「すぐに慣れるわよ、こちら側の生活にも」

依（よ）って件（くだん）の如（ごと）し

岩井志麻子

鈍色の曇り空をそのまま映した貧しい水田と、その泥に塗れた百姓と牛。まとわりつくのは血を吸う虫ばかりだが、その虫も吸っているのは血ではなく泥だった。痩せた昏い景色を抱くのは、その鈍色の空に押さえつけられた低い尾根だ。浅い山とは言われても、中国山脈は途方もなく広く果てしなく影は濃い。殊に今頃の季節になれば、彼方の村や見知らぬ異国、果ては西方浄土にまでこの青さは続くかと思われる。だが、いくら青葉が艶やかだろうと降りしきる霧雨に甘い花の匂いがあろうと、わずか戸数二十の陰鬱な村はやはり泥の中に沈む。鍬の掻く泥の重さに立往生する牛は苦悶する時、人間と同じ泣き声をあげた。その度に美しい田植え歌は中断され、濁った罵声が飛ぶ。

「悪いことなら口にすな。本当になるけん」

今朝も兄の利吉は、シズにそれだけを言った。シズは何時ものようにただ頷いた。この兄妹が暮らす筵掛けの小屋から覗く平坦な視界を遮るものは、不揃いに伸びて歪んだ細い木々と半ば崩れかけた藁葺き屋根の家々、棘だらけの夏草に覆われる石積みの粗末な墓だけだ。三十三回忌が済んだ古い位牌は村外れの朽ちた粗末な木の堂に集められ、雨曝しになっている。古い死者の魂は行く当てなく村境を彷徨い、拝まれるものにも恐れられるものにもなれず、死んだ後も土の色の百姓でしかなかった。

ただ一つ、七回忌も済まないのにそれらの古い位牌とともに祀られる死者がいた。小径の端に土盛りだけをした墓ともいえない墓があり、そこには女が埋められていた。その女は死してなお村人を恐れさせていた。牛もそこを通り過ぎる時は必ず身を竦ませる。人の目には見えないが、牛には今もその女が見えるらしかった。

シズは土間から外を仰ぐ。差し込む光はただ真っ白に眩い。それでも一歩その外に出れば、目の前すべて泥色の季節。明治半ばの岡山の北は美しく、そして貧しかった——。


「なあ、兄しゃん」

シズは今年数えで七つになるが、喋れる言葉数は赤ん坊並みだ。兄しゃん。これ以外は滅多に口にしないが、それで事足りるから不自由はない。シズには父も母もなく、身内といえば一回りも歳の離れた兄の利吉だけだ。それに村人の大半はシズに話しかけるのを嫌がる。同じ年頃の子供達にも、遠くから石を投げつけられるだけだ。

利吉はシズが喋らなくても身振り手振りで充分に話が通じる。今朝もシズが目を見開いて小屋の外を凝視していただけで、すぐに先の言葉が飛んできた。

その時利吉は、シズが見ていたのと同じものをやはり見たのだ。

シズは血の気をなくして座りこんだが、利吉は平然としていた。いや、それを凝視して怯みもしなかった。小屋の出入口にいたものは、棘だらけの草叢に獣の息を吐きかけながら、ただじっと佇んでいた。

小屋の中が暗すぎるため、外を見れば猛々しい草叢も遠景の山並みも荒れた小道も、すべてが白い光の中にある。その中にただ一点、真っ黒な闇があった。

それは気がつけばそこにいたように、やはり気がつくと消えていた。

「悪いことなら口にすな。本当になるけん」

利吉はまったく何事もなかった態度で背を向け、竈の前にしゃがんで火を熾した。地べたに直に板囲いし、申し訳程度に藁で天井を覆うこの小屋では囲炉裏は切れない。出入口の横に石と泥土で拵えた低い竈があり、煮炊きはそこでした。寒い季節はその側で寝もする。昼間も暗いこの小屋の中ではただ一か所、明かりの灯る場所でもあった。

シズは何故か、その竈の側に行くのはためらわれた。兄が添い寝してくれるから寝られもするのだが、普段は近づきたくない。とはいえわずか二坪ばかりの狭い小屋だ。いやでも視界には入る。だからいつも、精一杯その竈から遠い位置に当たる奥の暗がりにいた。

それほどまでしていたのに今朝は兄より先に目を覚まし、うっかり竈の方を見てしまったのだ。正確には外にいたのだが、シズには竈に隠れていたとしか思えなかった。うちの竈には恐てえものが居る、とシズは確信していた。竈の中にではなく、竈の横に。

「悪いことなら口にすな。本当になるけん」

兄しゃん、あれは悪いもんか。しゃあけど本当になる、と脅すからには、あれは夢なんか。……うちには、夢とは思えなんだ。本当に居ったんじゃ。

湯気だけは旺盛に立つ欠けた茶碗を受け取りながら、シズは口の中だけで呟く。日雇いの小作人しか出来ない利吉の給金では、今朝のように荒麦の薄い粥が炊ければ上等だ。藁を齧るのと変わらない蕎麦の団子とて、口に入れられるだけで有り難い。それもない時は雇い主の家で牛に食わす稗を分けてもらって凌ぐのだ。それもない時は、日がなこの崩れかけた小屋の中でうずくまっている他ない。もっとも雇い主である家からして、一升の飯の中に米は二合しか混じっていなかった。

この村は普通作の年の方が珍しかった。稀に黄金色の穂波が輝けば、村人はかえっておののく。こりゃ竹の花も咲くで、来年は一粒たりとも実らんかもしれんでと。餓えは幾年続いても、慣れるということがない。

熾火になったのを確かめてから、利吉は出入口に下げてある戸の代わりの筵を巻き上げた。夜明けから間がないのに、盛んな季節の光の量と熱気は溢れんばかりだ。利吉は手拭で鉢巻きを締め、汚れた単衣の裾をからげると躊躇なく外に出た。
たとえ妖しげな何かがまだ外にいようと、いつまでも煩わされている暇はない。貧
しい朝餉が済めば二人はすぐに野良へ出なければならなかった。どの小作人よりも早
く行き、どの牛よりも泥に塗れなければ許されない。
「兄しゃん」
シズも裸足のまま後を追う。利吉は勢い良く抱き上げてくれた。すでに汗ばんだ兄
の肌からは、濃い体臭が立つ。まだ若い牛や犬の匂いと似ていた。その匂いに包まれ
るこの時が、シズは一日の内で一番好きだった。野良仕事の後はさすがの兄も疲れ果
てて抱いてはくれないからだ。
利吉は牛よりひどい物しか口にできず牛より沢山働かされているのに、村のどの男
より上背があった。膂力もあり、それこそ牛並みに荷物も運べたし泥田で鋤も引けた。
痩せてはいるが、赤銅色に灼けた背中や腕からは透ける血管までが逞しかった。
「徴兵検査が楽しみじゃのう。真っ先に支那に遣られるで」
村人の揶揄は必ずこれだ。逞しい体軀への羨望もあるが、その中には多分の恐れも
含まれていた。はっきりと村八分の通達を突き付けられている訳ではないが、利吉と
シズの兄妹は村人の婚礼や葬式の列には入れてもらえないし、祭りにも誘ってもらえ
なかった。利吉の年頃になれば村の娘との夜這いや逢引きがあるのが普通だが、これ

もまた除者(のけもの)だ。それでいて重労働の雁爪(がんづめ)での田草刈りなどはみな利吉にやらせる。炙(あぶ)られるほどの炎暑の下を夜まで泥田の中を這(は)いずり回され、やっと麦だらけの黒い飯を二合ばかり貰(もら)えるのだ。

　三つ四つのうちからシズも水汲(みずく)みや子守りをさせられて、まだ柔(やわ)い足はすっかり曲がってしまった。それでも二人は黙々と、牛以上に大人しく地べたを這っている。だが牛ではない以上、いつか爆(は)ぜて利吉が鎌(かま)を振り上げるのではと、村の誰もが密(ひそ)かに胸に描いていた。牛だってあまりの酷使には全身で抗(あらが)う。ましてや利吉とシズは村人に言わせれば、なんちゅうてもあの女の子供じゃけんな、だ。

　実のところ村人は、利吉を恐れているのではなかった。利吉とシズを産んだ女を恐れていたのだった——。

「兄しゃん。今日はツキノワか」

　兄の腕の中で、シズは薄目を開ける。村外れに近いこの陰気な森に抱かれた湿地は、どんなに天気が良くてもじめじめと暗い。森の向こうには古い仏を祀(まつ)る堂がある。皆に忌まれる墓も一つある。森の手前は小さな田圃(たんぼ)だ。

「ああ、ツキノワじゃ」

　何の変哲もない田圃だが、ここだけは特別な呼び名が与えられていた。ツキノワ。魔物の通る道筋、恐ろしいものの棲(す)む場所だ。

利吉は腕の力も表情も何も変えず、そのツキノワを見下ろす小高い畔に立ち止まる。伸び放題の雑草の間を細い蛇が擦り抜けた。答えるなり利吉はシズを降ろした。シズは湿った畦に座り込む。雇い主の一家が来るまで取り敢えずシズはする事がないが、兄は違う。すでに畦道を駆け降りていた。利吉は誰も来ない間に、大事な作業を済ませておかなければならなかった。唯一、祟りも汚れも畏れない利吉にしか出来ない事だ。

　積んであった藁を小分けにし、目分量できっちり十二に束ねる。それを泥田の中に注意深く運ぶと、丁寧に田を囲む形で置いていく。ツキノワは神聖な場所ではない。忌まれ恐れられ嫌われる場所だ。それでもそこに田圃が重なっている以上、田植えも稲刈りもしなければならない。狭い村には遊ばせる土地などないのだ。

　古来よりツキノワは「牛と女が入ってはならない処」とされていた。理由などわからなくてもそれがツキノワなのだ。いつからそこがツキノワになったのか、村の古老ですら知らなかった。しかしその場所がこれからもツキノワであり続けることは、どんな子供でも知っていた。女が入ってしまったのだ。汚れた土地をさらに穢れで沈めたのだ。

　ようやくシズが歩けるようになった頃、このツキノワの真ん中で死んだ女がいた。鎌で喉を掻き切って、泥の中に仰向けになっていた女が。村人はその話も女も忌み嫌う癖に、いつまでも語り継いでいる。笑った唇の形が三つあったと。まずは月。鎌に似た白く細い三日月が、薄墨色の空にあった。次に女の首の傷口。三日月の形に開いた長く深い裂目はそこから泡を吹き出し、それが確かに笑う声に聞こえたと。そして最後にその女の顔にある唇。女は大笑いをするように、精一杯口を開けていたそうだ。

断末魔に苦しんだからか。……いんにゃ、やっぱりあの女は笑うとったんじゃ。じゃけぇ葬式もせんとすぐ村外れに埋めに行った。あの女にゃあ子供が二人おった。その子供らはこの村で今も生きとる。あの女も村外れでまだ笑うとる……。

あの女とは、利吉とシズの母だった——。

東の空が薄青く染まるのを待たず、陽射しは強くなった。老いた男もまだ若い男も、皺の刻まれた黒い顔で黙々とこちらに歩いてくる。このツキノワの田圃には、女と牛は来ない。利吉が藁束で囲んだ結界の中には、男だけが入って作業をする。

このツキノワの田圃の持ち主は由次といい、さほど悪意もないが情もない四十半ばの小柄な男だ。由次は抱えてきた赤ん坊を背負い紐ごと無造作にシズに突き出した。嫁のナカは別の田圃に出ていて、その間の子守りはシズだ。由次夫婦は立て続けに女ばかり五人産み、どの娘も他村へ嫁いでいた。四十過ぎてまた身籠もり、今度は幾らなんでも男だろうと期待して産んだ。それがこの六女だ。だからシズなどに子守りを任せる。

髪が赤ん坊に触らないよう手拭で巻き上げてくれ、背負い紐をきっちり結わえてくれるのは、この中では最も年寄りの竹蔵だった。皺だらけの茶色い和紙を貼（は）りつけたような顔の小さな老人は、皆には竹爺（じい）と呼ばれている。竹爺はこの村でシズと利吉に口を利（き）いてくれる、数少ない人間の一人だった。あとのもう一人は、今頃やはりナカと同じ田圃に出ている竹爺の女房だ。竹婆（ばあ）と対で呼ばれる老婆は、顔も性質も竹爺によく似ていた。

「竹爺。教えて欲しいんじゃ」

シズが珍しく自分から口を開いたので、畔（あぜ）を降りかけていた竹爺は立ち止まって振り返った。その向こうには、黙々と苗を並べる男達が黒い影になっている。四つん這いになって牛の格好をしているのが利吉だ。

「……牛の化け物は居るか」

竹爺はしばらくそのままの格好でいたが、目尻（めじり）の皺を少しだけ動かした。

「そりゃ、『くだん』じゃろ。頭が牛で体は人間じゃ。どねんした。恐（きょう）てぇ夢に見て寝小便こいて兄しゃんに怒られたか」

今日の竹爺の笑い皺は傷口に見えた。シズはむずかる赤ん坊を背負ったまま身じろぎもしない。目は一点を見つめていた。その視線は一見、兄に向けられているようだった。

「どねぇなことをする化け物じゃ」

違うのだ。シズは今、兄を見てはいない。それでも竹爺は、歯のない口で笑った。

「良うない時に生まれてきて、良うないことを告げてから死ぬ化け物じゃ」

シズはまったく視線も表情も動かさない。生温い風に吹かれながら、ただ兄の後ろにいるものを凝視していた。竹爺はシズのそんな様子はいつものことと得心しているのか、おどけた掛け声とともに畔を駆け降りていってしまった。

あれはいったい何なのか。シズの目線の先にいるもの。今シズが見ている異形の何かは間違いなく今朝、戸口の外に佇んでいたものだ。明け方は影しかわからなかったが、こうして陽の下に出るとはっきりわかる。

件……そう呟こうとしたのに、別の名前が出てきた。口にした瞬間、それは消えた。

「母しゃん」

真っ黒な牛の頭をした女。頭が牛なのに、なぜ母とわかったか。シズに母の記憶はまるでない。恋しくもない。利吉は多少の思い出も恋しさもあるだろうに、やはり話もしないし墓参りもしなかった。それでも奇妙な事に母の死の情景はありありと思い描ける。

戸数二十の村では、三代前の不祥事から昨夜の晩飯のお菜まで何もかも仔細にみなに知れ渡る。村八分同然でも、母が毎晩夜這いをかけられていた話はシズ達の耳にも届く。二人の父親は同じ男ではないらしいということも。

さらにシズの父親についての奇怪な噂も、物心つく頃には知っていた。二人の母はなかなかの器量良しだったらしいが元々癇性なところがあり、利吉が十歳を過ぎる頃には狐憑きかと恐れられるほどの奇矯な振る舞いを繰り返したため、さすがに夜這いをかけてくる男は皆無だったと。それならどうやってシズを身籠もったのか。利吉の父親ならまだ凡その見当はつくが、シズの父親は皆目わからないのだった。

「大方、牛の子じゃ」

そう吐き捨てたのはナカだった。ナカは二人への嫌悪感を誰より露骨に示す。由次も一時その二人の母の許に通っていたことがある上、ただでさえ不吉な土地のツキノワを持つ身としては、よりによってそこで自害などしなくてもいいだろうという憤怒もあった。それでもナカと由次は利吉とシズを使う。牛と同じに扱えるからだ。

ふいに田圃の中の利吉が立ち上がってこっちを向いた。シズは毒虫に刺されたようにびくりとする。兄の言いたいことはわかった。悪いことなら口にすな。本当になるけん。

……どうしたらええんじゃ、兄しゃん。悪いことをうっかり口にしてしもうたがな……。

やがて山肌が真っ黒に塗り潰される頃、ようやく利吉とシズは帰るのを許された。

しなかった。

それこそ泥のように疲れ果てていた。何も履かない足の裏はこの季節なのに冷えきっている。二人は何も喋らない。また見てしまった異形のもののことも、一言も口にはしなかった。

——翌日は戸口にもツキノワにも、恐ろしいものはいなかった。その代わり、シズは牛の化け物より、亡母の死霊より恐ろしい目に遭わされた。

「明日から兄しゃんは当分、居らんなる。いつ戻れるかはわからん」

利吉は本来なら徴兵検査はまだ先なのに、すでに志願兵としての出征を決めていた。シズの何も知らないところで話は進み、すでに終わっていた。本当にシズは何も知らなかった。清と呼ばれる異国が海の彼方にあることも、その清と日本は戦争を始めることも。兄がいない間は、あの由次の家に住み込みとして入らされることも。

嫌じゃ、とも叫べず熱病めいて震えるシズに、利吉は一言一言畳み掛けた。

「このままじゃあ揃って飢え死にじゃ。兵隊に行きゃあ食える。シズも由次さんとこで食わして貰える。それに兄しゃんが手柄を立ててみぃ。竹爺竹婆だけじゃなしにみなが優しゅうしてくれる。祭りにも出れる」

「兄しゃんが死んだらどうしたらええんじゃ」

「死なん。わしは絶対死なんのじゃ」

ふいにシズは氷を背負わされた。それが恐れと気づくまでに間があった。利吉自身にか利吉の影にか定かでないが、真っ黒な影の頭には異様な角があったのだ。

「教えて貰うたんじゃ。わしは死なんし、この戦争も日本が勝つんじゃと」

闇の中で兄の目も異様に大きい。まるで獣のように剝き出している。

「何もかも教えて貰うた。……ツキノワの『件』にな」


この村からは利吉を入れて二十三人が徴集された。志願兵は利吉ただ一人だ。手に馴染んだ鋤を慣れない村田銃に持ち替えて、岡山の兵隊達はまず広島の宇品港に送られる。シズが兄を見送ったのは村境の坂道までだ。ほぼ村中の人間が集まっていた。尻を端折って手拭を被った野良着姿の村人達と黒い軍衣の男達とは、まったく別の世界に生きる者同士のようだった。つい昨日までは、黒い軍衣の方も草臥れた縞柄の筒袖を尻絡げして脚を剝き出しにしていたのだが。

竹爺におぶわれたシズは、皆に混じって万歳をさせられた。目の前で、干涸びた村長がぎくしゃくと奇怪な踊りをしていたが、それも万歳だった。普段は日焼けと泥で男に負けず黒ずんだ顔の女達が、今日だけは白っぽい頰を面のように強ばらせている。

見慣れぬ帽子をかぶり、利吉は砂塵の中に眩しそうに立っていた。足元に落ちる影よりも、利吉自身が黒々としていた。シズは兄よりも兄の影が恐ろしかったから、竹爺の骨が浮いた薄い背中にすぐ顔を伏せた。

傍らの竹婆は声を絞るように泣いていたが、竹婆の息子や孫がいる訳ではない。

「皆、わしらの子供に思えてよぅ、泣けてなぁ、泣けていけんのじゃ」

途切れ途切れの泣き声に女達が唱和した。黒い軍衣姿の男も何人か肩を震わせ、一人の女が笛のような甲高い声を放った。子供達はただぼんやりとしていた。

竹爺竹婆には息子が三人いたが、一人は西南戦争で死に、一人は七、八年前に県下でコレラが大流行した時に死んだ。残りの一人は神戸で働くと言い残して出奔したまま、もう三年近くも行方どころか生死すら不明だという。竹婆には坂道を登って来る三男の幻でも見えたのか、両手を突き出して泣いていた。

シズはひたすら竹爺の堅い背中に顔を押しつけていた。別れが辛いのでも行く末が不安なのでもない。見知らぬ国へ殺したり殺されたりをしに行く兄が哀れなのでもない。シズの首筋に、生臭い獣の吐息を吹きかけてくる何者かが嫌なだけだ。

結局シズは兄と一言も言葉を交わさなかった。利吉は由次夫婦と竹爺竹婆にだけ簡単な挨拶をした。利吉は黙っていてもシズの気持ちはわかる。だから敢えて何も口にしなかったのだ。シズが口に出さずに叫んだ言葉は、ちゃんと利吉に届いていた。

「兄しゃんが、恐てえ」

竹婆に揺すられて顔をあげた時、黒い兵隊達はすでに砂埃の舞う黄土色の坂道を下っていた。まだ不揃いな歩みにも拘わらず、刻々と着実に死へと行進していた。その先頭を切っているのは利吉だった。シズの前にも後ろにも、もう怪しげな何者かはいない。黄色い風だけが耳朶を打った。砂埃の彼方の兄がもう振り返らないとわかった時、シズは少しだけ泣いた。頬にこびりついた砂粒が溶けて、汚れた涙になった。竹爺が継ぎ接ぎだらけの袖で拭いてくれた。耳たぶの裏で、乾いた風の音が鳴る。万歳三唱や啜り泣きに混じり、シズは確かに牛の咆哮を聞いたのだった――。

「日本は清に勝ちょうるんじゃで」

それは由次もナカも他の小作人達も言っていた。村の男達が出征してまだそんな間がないのに、村で一軒だけ中国民報を購読している村長宅の者の口から伝えられる戦況は、その日のうちに村中に伝わった。どの村人の口からも、まるで見てきたように語られた。

「朝鮮の牙山はもう日本軍に占領されとんじゃで」

中国山脈のどの山に登ればその朝鮮が望めるかと、シズは空ばかり見上げていた。異国の雨の中、真っ暗な丘陵から飛んでくる鉄砲の弾を兄はどんなふうに避けているのだろうかと、足元の小石を藪に投げてみたりもした。

「利吉も立派に務めを果たしょうる」

これは竹爺と竹婆だけが言ってくれた。痩せた雀のように、シズは震えた。あらゆる雑用に一日中追い回され、常に炭俵を担がされているように重く疲れ果てたシズの楽しみは、田圃や道で竹爺竹婆に会って相手をしてもらうことだけだ。僅かに休息を与えられた夕暮れ時、シズは竹爺と朝鮮の方を向いて手を合わせた。赤銅色に照る山肌は赤剝けた傷のようで、到底神仏を拝むために手を合わせる場所ではなかった。

――夏は酷薄な季節だ。村は戦勝の期待にばかり沸いているのではなかった。見渡す限りどの田にも亀裂が走っていたのだ。津山川の減水は噂だけではなかった。このままでは旱魃を避けられないのは、誰の目にも明らかだった。

まだ真夏には遠いのに、この炎暑は何なのか。すでに陽炎が立っている。汗は流れるのではなく湧いてくる。蟬時雨はまさに銃弾となって降り注ぎ、夏咲く花までが枯れて朽ちた。本来なら青々としているはずの稲葉も黄ばみ、連日雨乞い祈禱がなされた。

その枯渇した月日をシズは何をどうして遣り過ごしたのか。あまり覚えていない。疲れは肩に腰に腹に溜り、餓えは絶え間ない目眩を呼んだ。住み込み先の農家はこれまで兄といた小屋とは比ぶべくもない大きな家ではあった。雑草が芽吹いていても屋根は立派に茅葺きだし、磨き込まれて黒光りする板の間には赤々と火の絶えない囲炉裏が切ってあり、その向こうには赤茶けてけば立ってはいても畳が敷いてあった。上背のある兄とほぼ同じ高さだった元の小屋とは違い、ここの大屋根を支える梁組みは太い角材を縦横に荒々しく組み合わせたもので、遥かな上にあるその陰影の濃さは昼間でも恐ろしいほどだった。

　小作人や使用人の口には決して入らないが土間の右手の隅、大竈の横には米俵までが積んであった。しかしそれらはシズの目の前にあるというだけで、シズには遠い景色だ。なぜならシズの居場所も寝床も、牛小屋だったからだ。

　この辺りの農家は大抵が内厩で、牛馬は家の土間で飼われている。シズの奉公先にも農耕用の牛が一頭いた。出入口を入ってすぐ左手に頑丈な樫の棒を縦横に組んだ柵があり、そこに栗の木でできた鼻グリを嵌めて繫がれていた。さすがに田圃で使うのは由次や小作人だが、飼葉桶で餌を遣ったり餌の稲藁や乾草を刻むのはシズの仕事とされた。

　牛と寝かされると知った時も、シズは恐れはしなかった。黒味がかった茶色のこの牛は穏やかな牛だ。いつも哀しい濡れた目をしている。何よりもあの不吉な牛とは違う。ただの牛なのだ。どこを触っても血と内臓の在処がわかり、シズまで温もる。

　牛小屋のちょうど上の屋根は、茅が抜け落ちて空が覗いていた。吹き込む風雨はそのまま牛小屋をなぶる。シズは寝そべる牛の脇腹に寄り添い、ともに風を受け雨に濡れた。月も一緒に眺めた。濡れた藁と糞が悪臭を放っても気にならなかった。波打つ腹を撫でていると、それだけで満たされた。牛は大きく温かく頑丈で、シズの手から嬉しそうに餌を食んでくれる。ただの牛はこんなにも優しいのだ。

シズは牛とともに寝起きし、時には牛の餌とまったく同じ稗も食わされた。シズの方には灰が混ぜられていないというだけだ。シズは決して土間から上には上げてもらえない。牛が上げてもらえないのと同じだ。ただシズには名前があり、牛は牛としか呼ばれないだけのことだ。牛と並んで藁に腹ばいになり、囲炉裏でいい匂いをたてる鍋の湯気を見たり畳の部屋でナカが赤ん坊のための着物を縫っているのを見ても、さほど切ない気持ちにはならない。ただ、夜には閉じられる障子だけは何やら気味の悪いものに映った。

煤けた白さの紙に、歪んだり引き伸ばされたりの奇怪な影絵が映る。生身の人間より、侘しい灯火に揺らぐ影法師の方がずっと生々しかった。いや、そこに頭だけ牛の人間が映ったらと想像してしまうのだ。

しかし、影法師は殴りかかってこない。時には本当に牛を追う棒切れでシズを殴るのは生身のナカだ。由次はシズを牛以下としているのか、視界にすら入れていないから何もしようとはしない。つまり、お互いに影絵だ。

「兄貴の方もじゃが、お前はこの村の誰にも似とらん」

これが激昂する際のナカの口癖だ。自分の亭主もかつてはシズの母親の許に通ったことを知っているから、うちの亭主ではないと己れに言い聞かせる意味もある。

「お前のおっ母なら化け物や犬ともやりかねん。大方、お前は牛の子じゃ」

今日も赤ん坊を背負ったまま転んでしまったシズを強かに杓子で殴りつけ、ナカは憎々しげに吐き捨てた。地面に伏したまま、シズはそれが本当ならいいのにと鼻血を拭った。少なくとも、牛の化け物よりは優しい牛や可愛らしい犬がいい。

ここで牛と寝起きをするようになって、シズは奇妙な記憶を呼び覚ましていた。母しゃんが生きとった頃、あの家にも牛はおったんじゃ。竈の後ろにおったんじゃ――。

日本は清に勝ち続け、水源は枯渇し続け、収穫の季節が巡ってきた。当たり前のように凶作となった。色だけは黄金の痩せ細った稲穂は、周りの雑草よりも丈が短い。ひび割れた田圃の土は、憔悴しきった百姓の顔色だ。

米を作っているのに米を口に出来ない村人は谷に降りては葛を掘り、藪に分け入っては笹の実をもぎ、畦を這っては蕨を取った。どこへも降りられない烏が、いつまでも西の空に輪を描いた。四十を過ぎてまた身籠もったナカは、外便所の壁土を食い散らかした。シズが何もしなくても、杓が折れるまで叩きまくった。

「兄しゃんは勝ち戦をしとるんじゃ。撃って撃って撃ちめいどるんじゃ」

昨日から右目が腫れて開かないシズは、牛のでこぼこした背中を撫でながら囁いた。この牛は確かにシズの気持ちが通じている。ゆっくりとその大きな頭を上下させ、寄り添ってきた。不思議なことに兄がいた頃は赤ん坊並みにしか喋れなかったシズが、兄がいなくなった途端によく喋れるようになっていた。たぶん牛を話し相手に選んだからだ。

「しゃあけど困ったな。うちは兄しゃんの顔を忘れかけとる」

代わりに、いなかったはずの真っ黒な牛の顔が思い出されていた。竈の後ろにひっそりと隠れていた、あの牛の顔だった。

――ただ雪に閉ざされる冬は、音も果てもない世界となる。同じ岡山でも、南の方は滅多に積雪を見ない。肥沃な土地と温暖な気候に恵まれた県南の百姓は、冬でも積極的に畜産だ花筵だ最新の温室で葡萄栽培だと小賢しく立ち回って小銭を稼ぎまくり、この御時世だから倹約せねばと言いつつ、一升の米に麦を四合しか入れずにいる。それに比べて北の果てのこの村では、老いた男達は炭焼きをするしかないし、女は日がな藁仕事だ。皆、野山の物は団栗まで食い尽くして青膨れている。

あかぎれだらけの手で縄を編まされ、川の氷を割って水汲みや洗濯をさせられ、竹爺や竹婆に会うことすら叶わないシズは、頭の芯までかじかんでいた。中国山脈を覆う雪は陰影を青く染め、吹き下ろす風は乱反射する光に切り裂かれた。

凍り付いた枯葉が舞う朝など、シズは総ての感覚をなくして倒れ伏すこともあるが、由次に引きずられて牛小屋に投げ入れられ、僅かに休ませてもらえるだけだ。熱に浮かされるとツキノワの夢を見る。あそこにも随分と行っていない。あのものはやはり雪を被っているか。誰もいない雪原にあの真っ黒な影を伸ばしているか。

清との戦況も、なかなかシズの耳にまでは届かない。兄と離れて半年以上も経てば、兄が恋しいというより兄は本当に居たのかどうかすら曖昧になってくる。お前には確かに母親もいたと言われるようなものだ。

　牛と一緒の蚤に食われ虱にたかられ、シズの手足は竹婆と変わらない皺を刻んだ。牛だけが添い寝をしてくれ、脇腹の下で足の先を温めてくれた。そうして恋しく待ってはいないのに、まったく唐突に水温む朝と小さな花弁の花せめぎ合う春は訪れた。その春とあの『件』の予言通りに、日清戦争は日本の勝利で終決した。

　竹爺竹婆の許に親不孝者の三男坊は帰って来ないが、お国の誉れの兵隊達は続々と帰還を始めていた。あそこの息子も隣の婿も意気揚々と戻ってきて、春は盛大に桜吹雪を散らした。ところが今日か明日かと待ち侘びても、一向に姿を見せない者もいる。噂では、二十三人のうち七人がまだ帰らない。内、戦死の報せがきっちり来て、死者のない葬式を出したのが六人。利吉は残りの一人だった。

「死んだんじゃ」

　雑草のように乱れた髪を掻き毟りながら、ナカは吐き捨てる。囲炉裏の前に横座りしたまま、牛小屋のシズを憎々しげに睨んだ。ナカは秋に子を堕ろしていた。わざわざ津山から評判の堕ろし婆さんを呼んで処置したのだが、その時からナカは少しおかしくなった。処置自体は万全で、掌に載るほどの胎児は鬼灯の茎に刺されてぬるりと飛び出し、後産の手当てもさすが評判に違わぬ子潰し婆さん、だったはずなのだが。

「男じゃとわかっとったら産んでやったのに」

筵に包んで庭の柿の木の下に埋めたその子の股には、小さな小さな男の印が突起していたのだ。蓬のように乱れた髪を振り乱し、ナカは落ち窪んだ目ばかりを光らせていた。

「死ね死ね、皆死んでしまやぁええんじゃ」

シズは黙って飼い葉を刻む。歩けるようになったただ一人の娘の世話は、もっぱらシズと竹婆がしている有様だった。今は大人しく昼寝をしているが、泣き始めたらまたシズが背負ってその辺を歩かなくてはならない。牛はシズの手に、濡れた鼻を擦りつけた。

「山に藤が咲いとる。ああ、嫌じゃ。あの花が咲くと百足やゲジが出る」

ナカの乱れた髪が風に踊り、背後の障子に揺れた。今頃はツキノワにも、何かの甘い匂いの花びらが降り注いでいるのだろう。シズは兄よりも無性にツキノワが恋しかった。あそこに見知らぬ母がいるからか。

牛の脇腹にもたれて蕎麦団子の夕食を取った後、シズは即座に深い眠りに落ちた。さっきまで泣き喚いていた赤ん坊も、訳のわからぬ叫びをあげて由次に殴られていたナカも、皆やっと寝入ったらしい。牛も静かに脇腹だけを波打たせている。村全体が、針が落ちても気づくほどの静寂の中にあった。屋根の破れ目から注ぐ月光だけが明かりだ。

シズは牛の体温よりも生温かい夢を見ていた。真っ黒な牛が走っていた。砂埃をもうもうと巻き上げているのに、まったくの無音だ。牛は背中に一人の女を乗せている。女は白い着物の袖で顔を隠していたが、髪は艶やかに長く、短い裾から出た裸足の足は細い。顔を隠していても美しいとわかり、何もしなくても怖いとわかる女だった。

母しゃん。シズは直感したが、口に出せない。その袖から顔が出るのが恐ろしかった。こっちぃ来んでええ、顔見せんでええ、こらえてくれぇ母しゃん。

……水底から浮かび上がるように目を覚ました。体が冷たいのは寝汗のせいばかりではなかった。出入口から大量の青い月光が差し込んでいた。戸が開け放たれ、そこに真っ黒な影法師が立ちふさがっていたのだ。

牛の頭はしていない。ちゃんとした人間の男だ。シズは寝そべる牛の脇腹に、息が詰まるほどくっついた。目が合った瞬間に襲われるだろう。きっと殺されるだろう。

シズの頭のすぐ上を、黒い影法師は横切った。妙な重量感のある足音は、裸足でも草鞋履きでもない。シズの歯が鳴った。あの日村外れの坂道で聞いた足音だ。兵隊以外は誰も履いていない軍靴だ。

その重い足音は土間を進み、一段高い板の間にそのまま上がった。牛の脇腹に隠れたまま、シズは恐る恐る薄目を開ける。障子は生白く月光に照っている。さっと筆で刷いたような黒い線が一本、蠢いていた。ナカが大嫌いな百足だ。嫌らしい毒虫だ。

その障子が音もなく開けられた。生白い紙に奇怪な影が浮かぶ。シズはまばたきもできない。今までで一番恐い影絵に見入る。鎌を振り上げる男の影絵だ。なぜその男は頭がそんなに巨大で、尚且つ曲がった角など生やしているのか。

不吉な影は獣の唸り声を出した。続いて咆哮があがった。シズは声にならない悲鳴をあげる。さっと刷毛で水滴を弾いたように障子に赤が散った。夜目にも鮮やかな色だ。シズは視界を黒から赤に塗り潰された。盲いたシズは牛の脇腹にしがみつき痙攣した。

耳だけは惨劇を捉える。畳の上を土足が擦る音。重く湿った何かが倒れる音。箪笥の引き出しが投げられる音。柔らかな喉笛を切り裂く音と、硬い骨を刻む音。最後に激しい破裂音がした。障子が蹴破られんばかりの勢いで大きく開けられたのだ。シズは思わず身を起こしてしまう。目を見開いてしまう。

真っ黒な影法師は仁王立ちになっていた。土間の隅の牛小屋をじっと透かしていた。もう一人いることに気づいたのだ。シズは息すらできない。隠れることもできない。固く丸まるだけだ。しかしどんなに息を殺しても、激しい鼓動が居場所を教えていた。背後の脇腹が、さっきまでとは違う波打ち方をする。牛は目を覚ましていた。異形の侵入者にも勿論気づいている。だが牛は鳴かなかった。シズを隠すためにだ。

土間の土を踏みしめる音は確実に近づいてきた。夜より闇より黒いその者は、乏しい光を頼りにシズを覗きこむ。盲いたシズは何も見えない。闇しか見えない。閃いたのは月光ではない。月は雲に隠れた。真の闇の中、鎌の刃だけが光っているのだ。

……が、賊は手にした鎌を振り上げなかった。わずかに立ち止まっただけで、そのまま土間を横切った。落ち着いた素振りで、ちゃんと戸を閉めて立ち去ったのだ。

再び静寂が戻る。それはわずかの間だった。乾いた音を立てて障子が倒れた。桟が折れ飛び、紙は断末魔の手の痙攣によって破られた。赤ん坊と由次の声はまったくない。虫の息で呻くのはナカだ。ナカは障子紙と虚空を引っ掻きながら、最後の息とともに呻いた。

「シズよ、ありゃあお前の……じゃろうが」

お前の。その次は聞き取れなかった。牛がいきなり吠えたからだ。まるでその言葉をシズに聞かせまいとするように。西風に押された雲の切れ間から月が覗く。破れた障子の桟を血塗れの手が握っていた。暗夜の中で手と月だけが白かった。辛うじて桟に張りついていた百足がその白い指の間を擦り抜けて畳に落ちた。あの男の後を追うのか、血の跡を引きながら這っていった。

——翌日。草刈りにやってきた小作人達が惨劇を発見するまで、シズは牛の下にうずくまっていた。当初、動転した彼らはシズも死んでいると思い込んだ。シズは障子紙より白くなった顔で、死体のように硬直していたからだ。

　小作人達が駐在所まで走ってこれを伝え、津山署からの応援を得て大勢の巡査が駆け付けた時は、すでに翌日の昼を回っていた。

「ここから無断で入ることはならんぞ」

　その物々しい巡査達が幾ら三尺棒で追い立てても、集まった村人達は庭先にも縁側にもずかずかと入りこんでくる。戦争を除けば血腥（ちなまぐさ）い事件など、滅多に目にも耳にもすることのない寒村だ。そう、これはあの女のツキノワでの自害以来の事件なのだった。

　それこそ出征兵士を見送った時以上の集まりになった。さすがに凶行の現場となった奥の六畳間には縄が張り巡らせてある上、これは帯剣の巡査が立ちふさがっているので容易には入り込めない。誰かが念仏を唱え始めると、それは蜜蜂（みつばち）の唸（うな）りのように広がった。また巡ってきた泥色の季節、田植え歌の代わりに重く流れるのは死者への歌だ。

　シズだけはまだ子供のような童顔に柄だけは大きい巡査に抱かれ、囲炉裏の前に座らされていた。最初の報告では死者は四人だった。その四人目はこうして生き証人として保護されている。シズは生まれて初めて囲炉裏のある板の間に上がったことになるが、そんなことを考える余裕も何もない。せめて竹爺か竹婆がいてくれたらと願うが、二人はまだ姿を現さない。

巡査はどれも庇のついた帽子に木綿の黒い服で、兵隊とまったく区別がつかなかった。昨夜の犯人がこの中に混ざっていると聞かされたら、シズはうなずくだろう。いや、どうかこの中にいてほしいと、まだ血の気の戻らない唇を噛んだ。

そうしている間にも昨夜のことを聞かれるが、口は開かない。巡査達は当然、それを冷めやらぬ恐怖のためと解釈していた。だから一番若い巡査が出来るだけ優しく抱いて背を撫でているのだ。シズが優しくされるのに慣れていないことなど、どの巡査も思いつかない。まだ夏とは呼べない頃なのに、今年は梅雨入りも早く大気はすでに潤っていた。本来なら暑い夏を豊作に繋がると喜ぶべきなのだが、ここにいる巡査は誰一人そんな笑顔は見せない。ついに一人が呟いた。

「……かなわんのぅ。じゃが戸口を開けりゃあ皆がどやどや入ってくるしのぅ」

殺されたのは昨夜だというのに、由次の一家はすでに臭い始めていた。藁の堆肥とも違う人糞とも違う、こちらの腸まで悪くなってきそうな重い臭気だった。さすがにシズには生々しい死体を見せようとはしないが、巡査の膝の上で少し尻の位置を動かせば、即座に畳の間は視界に飛び込んでくる。由次は死んだ顔も、悪意も情もない素っ気なさだった。一気に喉笛を掻き切られた時、まだ熟睡していたのだろう。ほとんど抵抗の跡も苦悶の様子もない。対するナカは目も口も開け、腰巻の裾も大きく割って脚も開いていた。この辺りの百姓は半裸で寝るのが普通だが、首の三日月形の傷口から全ての血を放出して蒼白なナカは、裸よりも裸だった。

　二円の金を盗まれた引き出しは投げ出され、その空っぽの引き出しの下敷きになった赤ん坊はほとんど首がねじ切れていた。体は俯せなのに顔は天井を仰いでいる。血を重く吸った畳はどす黒く変色し、川魚の死骸の臭いを漂わせていた。

「あの喉笛の切り方は、ツキノワん時と同じじゃ」

　誰かが漏らしたこの一言で、遠巻きにしていた百姓達は警察よりも早く犯人を挙げた。

「あの女じゃねんか」

「ほれ、シズもここの嫁にゃあ酷い扱いを受けとったけんなぁ」

　シズは色のない唇を震わせ、ようやく嗄れた声を絞った。

「……何も覚えとらん」

　牛小屋の方に身を捩り、牛に助けを求める。牛は哀しげないつもの瞳でシズを見返しただけだが、この牛も知っている。昨夜の賊が何者であったかを。

　例のツキノワの件を知る巡査もいた。が、幾ら何でも死者は犯人にできない。

「この子の兄貴は出征しとったそうじゃが」

シズを抱く大きな巡査が、やはり体に合わない高い声で誰にともなく聞いた。

「まだ帰って来ん。大方、朝鮮のどこかに居るわい」

答えた声は竹爺だった。いつの間に来たのか、入口に立ちふさがる巡査の脇から顔だけ覗かせていた。竹爺を見た途端シズは初めてしゃくり上げた。

「そねぇな小んまい子がぼっけぇ恐てぇ目に遭うて、何を覚えとる言うんじゃ。下手人も、こねぇに小んまい子なら顔も覚えれんと捨て置いたんじゃ」

蠅が唸る土間の隅に、無数の足を蠢かす血染めの百足が這っていた。時候が時候だけに早く葬式を出したいところだが、ちょうど忌み日に当たっている。近親者だけが晩に由次宅へ泊り、葬式は翌日の事となった。無論、警察もこのますぐに鼻を摘んで帰ったりはしない。恐らく鎌と思われる凶器も探さねばならない。

由次の弟は兄そっくりの無表情さで「牛は売らにゃあおえん」と牛小屋を一瞥し、「あれもどこかにやらにゃあおえん」とシズに顎をしゃくった。牛を売る話はこれからだが、シズは即決だった。竹爺が「うちに連れて帰る」と、巡査から取り上げたのだ。

足も腰も曲がった竹爺におぶわれ、シズはあちこち破れた竹爺の襦袢の背にずっと顔を押しつけ、一言も口をきかなかった。竹爺の背中は、利吉とは全然違う汗の匂いがする。臭くても生きた人間の匂いなら耐えられる。

「利吉も帰って来ん、うちの三男坊も帰って来ん。シズや、お前うちの子になるか」

歯のない竹爺は、突然立ち止まる。背後で鋭く、牛が鳴いていた。遠景の由次方は曇天の下、紛れもなく重たげな死者の家だった。村人達も黒く物言わぬ影だった。牛だけが鳴いていた。シズを探して泣いていた。

竹爺竹婆の家は、遠目には潰れた藁の山だ。一応は藁葺き屋根なのだが、柱が傾いで戸の代わりに筵を下げてある。土間の低い竈の前で、竹婆はしゃがんで待っていてくれた。「恐てかったじゃろう、ようまぁ助かったもんじゃ」

一段高い板の間には畳代わりの筵が敷いてあり、真ん中には囲炉裏も切ってある。どうやら今夜からはそこで寝られるようだ。しかしシズは由次の所の牛が恋しくて、囲炉裏の鉤に吊した鍋が豆のいい匂いを立てていても、ここを飛び出したい衝動を抑えていた。あの牛もここへ引き取ってくれと頼むなど、到底無理であることはシズにもわかる。

あの牛は間違いなくもうじき売られる。一家の厄災を背負った「ケガエ牛」として二束三文で叩き売られるのだ。由次もナカも赤ん坊も、あの牛の背に跨がって黄泉路を辿る。その手綱を引くのはあの真っ黒な影法師だ。

それでもやはり疲労は溜まりに溜まっていたのだろう。シズは竹婆と一緒に筵を被り、被ったところまでしか覚えていない。気づいた時は夜明けだった。悪夢さえ見る暇はなかった。由次達の死霊は別の場所に出ているようだ。惨劇を思い出すより牛を思い出す方が胸が痛んだ。山で鳴いているのは、あれは山犬か。

竹爺竹婆がまだ黒い空洞の口を開けて寝ている間、裏手の小川まで水汲み(みずく)に行こうと土間で手桶(ておけ)を探した。媚(こ)びるつもりではなく、働くことは息をすることと同じに身についていたからだ。竈の横の手桶に手を伸ばした時、シズはいきなり背後から呼ばれた。

「シズよ。裏手の川にゃあ行くな」

まだ薄暗い土間にいたシズは、息が止まりかける。萎(しな)びた乳房を揺らし、白い蓬髪(ほうはつ)を背中まで垂らした竹婆は幽鬼そのものだった。

「ちぃっと離れとるが、うちの前の土手を渡って行けぇや。そこの川のがええ」

入口の筵からは、夜明けの薄青い空が透けていた。シズは数えの八つにしてもう、知らないふりが最高の処世術とわかっていた。裏手の小川のせせらぎはすぐそこに聞こえても聞こえないふりをして、朝露に濡れた雑草が足裏に刺さる土手を走りぬける。裏手の小川より泥に濁った川の端にしゃがむ。背後に黒い影が射さないよう、無心に水を汲んだ。

——緩い坂道を上がっていく途中で、すでに臭いは目に染みるほど強くなっていた。月のように暈(かさ)を被った陽(ひ)の鈍い光芒(こうぼう)は、ただの草を刃物として浮かび上がらせる。雨の気配を含む灰色の雲は、由次の家の屋根に垂れていた。

いつもと変わらぬ野良着姿で、村の者達が寄り集まっている。葬儀の準備だ。あの汚れて破れた障子は取り払われ、畳も清められていた。牛は土間から出され、庭の柿の木に手綱で括りつけられている。黒々とした瞳にも曇天が映っていた。

土間に筵を敷き詰め、あちこちに持ち寄ったランプを灯す。死装束は決して物差しや鋏を使わない。本来は畳の縁を物差し代わりにするが、さすがにここの畳は触れるのをためらう。板の間の木目とおおよその目分量が頼りだ。どの女の顔にも、ランプで異様な橙色の陰影ができている。黙々と晒を引き裂く姿は死者よりも死者だった。

竹婆も針を持ち、背を丸めて白い手甲を縫っていた。シズもうっかり家の中に入ろうとしたら、ナカの親戚筋に当たる険しい顔つきの女に犬のように叩き出されてしまった。シズはぼんやりと起き上がり、ぼんやりと牛の側に近づいた。牛だけは大人しい動作でシズを迎えてくれた。目の脇に蝿がびっしりたかっている。一晩二晩で、由次宅からは夥しい蝿が発生していたのだ。蝿だけが肥えて丸々としている。

突然シズの目の前に黒い腕が突き出された。由次の弟が牛の仲買人を連れて来たのだ。菅笠をかぶった歳の見当のつかないその男は、無言のままいきなり手綱を解いた。由次の弟はぶつぶつと「買うた時の半値にもならんわ」と不平を漏らしているが、「ケガエ牛」は買い叩かれるものと決まっている。家族の厄災を背負って行くからだ。

哀しみも辛さも突き上げてはこない。ただ哀れだった。引いていかれる牛をシズは五、六歩だけ追いすがった。邪魔だと由次の弟に突き飛ばされる寸前、牛は振り返った。歯を剝いて唸りながらシズの耳元に、ある言葉を囁いた。それはあの夜ナカが死に際に呻いたのと同じだった。あの夜はそれをシズに聞かせまいと牛は吠えたのに、別れの間際に教えてくれたのだ。

耳の奥で風が鳴った。その言葉とは、ある者の名前だった。よく知った名前だった。

由次の弟も牛の仲買人も、それは聞いていなかった。彼らにはただの唸りだったのだ。本来、ただの牛は人の言葉や人の名前を喋ったりはしないものだ。

シズは地面に腹ばいになったまま、引かれていく牛を見送った。遮るものは何もない昏く長く細い道。牛の背には由次とナカと赤ん坊が乗っていた。すでに死装束をまとって、やや俯き加減に牛に揺られている。一家は一度だけ振り返った。首にくっきりと開いた黒い三日月形の傷痕は、もう血など流してない。その目や口と同じにただぽっかりと空洞になっているのだった。

「ああもう、適わんわ。鼻が曲がる」

シズが立ち上がった時、背後には騒々しい草履の音がしていた。腐敗臭に耐えかねた女達が逃げ出してきたのだ。辛抱強く中に座っているのは竹婆だけだった。竹婆は暗い橙色の火影に映し出される巨大な影を揺らめかせ、死者の頭に被せるトギリ頭巾を一心不乱に縫っていた。竹婆も居丈高で人使いの荒いナカを忌ま忌ましく思っていたはずなのだが。

そんなことにはお構いなく、女達はてんでに色々なお喋りをしていた。

「岡山の兵隊は何百人も死んどるらしいで」

はだけた胸元を団扇で扇ぐ女がそう言ったのを、シズは聞き逃さなかった。何百人。シズにとってその数は多いのやら少ないのやら見当もつかない。しかし女の身振りと口調から、それは大層な数に思えた。砂でざらつく足の裏を探りながら、シズはぼんやりと牛のいなくなった道の彼方を透かした。

生温かい涙が首筋に滴った。シズのその涙は売られていった牛への哀別もあったが、何よりも、どうか兄しゃんがその何百人の中におりますようにと祈る気持ちだったのだ。兄は誉れの何百人かの中にいて、岡山の皆に拝まれて讃えられるものになっていて欲しい。決してそれ以外の者にはならないで欲しい。

「放ん投げて行っちゃあいけんじゃろ。早よ戻りんせえ」

土間で竹婆が叫んでいる。丸い棺桶はすでに運び込まれてあり、魂の抜けた一家はそれぞれ膝を抱えて真新しい死衣装を着て、この中で急激に腐っていくのだ。死臭を嗅ぎ付けた烏の群れが、屋根の破れ目から美味そうな死者を探していた。

三つの棺は男達に担がれ、村外れの墓地に運ばれた。野辺の送りにシズは行かず、竹爺達が戻るまでぼんやり庭先の柿の木の下に座っていた。完全に死者がいなくなっても、臭いはまだ庭先にまで漂ってくる。ふいに首筋に、鎌でそっと撫でられたような風が起こった。何でも予言のできるツキノワの件なら、犯人を教えてくれる。けれどただの牛であるあの牛も犯人を言い当てた。恐ろしい名前だった。

その晩、囲炉裏の縁で筵を被って寝ていたシズは、ふと夜中に目覚めた。壁の破れ目から鈍く青い光が差し込んで、辺りは真の闇ではない。ぼそぼそと寝転んだままの竹爺と竹婆が喋っていた。彼らはシズを食う相談などしている訳ではないが、死者をなぶり者にしていたのだった。

「……皆、臭え臭えと飛び出したじゃろ。あん時わしゃあ、用意されとった冬の着物を箪笥にこそっと戻したんじゃ。ザマがええ、あのナカも由次も冬になったら、寒い寒いて化けて出るで。ようもようも宮太が怪しいなぞと親戚連中はほざいたもんじゃ」

宮太が三男坊とは知っていたが、声もなく笑う竹婆は恐ろしかった。それにやったことも酷い。夏に死んだ者の棺には冬の着物も入れてやるのが決まりだ。さもなくば、竹婆が嘲笑ったように死者は冬に化けて出る。寒い寒いと震えながら。

「しゃあけど本当に、やったのはどこの者なら。余所者か。しゃあけど余所者なら、もうちっと金の有りそうな喜太郎ん所とかに行かんか」

「……ほんまに、この子の母親かもしれんで」

ぽつりと竹婆は漏らした。その声には、冗談ではない響きがあった。シズは固く目を閉じ固く全身を縮こまらせる。竹爺は何も答えない。

「しゃあけど、ええ。シズは可愛いけん」

声を殺してシズは泣いた。どうかどうか、本当に見も知らぬ死んだ母しゃんがやったのだとしたら、どんなにいいだろうかと願ったからだ。

ある日の黄昏時が選ばれ、村人は子供を除くすべてがツキノワに集められた。竹爺と竹婆も呼ばれた。ここに居れと言われたが、シズはそっと後を追った。老杉の下に隠れて、ツキノワと村人を覗いた。誰もが土気色に沈んでいた。これから呪いを行なうからだ。

利吉がいつも藁で囲いを作らされていた田圃の真ん中に、今は奇怪なものが立て掛けてあった。誰が作ったのか、稚拙な等身大の藁人形だ。縦横に無造作に組んだ藁を部分部分で括り、頭や手足を作ってある。竹を支柱に立たされているその人形は、稚拙であるが故の迫力を持っていた。呪いという本来の目的がとても明確になるからだ。

この藁人形が、由次一家を殺した犯人と見立てる。まずは由次の弟が先を尖らせた棒を持ち、奇声を発して胴に突き通す。どこかの女の悲鳴があがった。

「恐がるこたぁ無え。こうすりゃあ下手人はどこに居っても苦しむんじゃ。どこへ隠れとってもわかるんじゃ」

由次の弟は隣の若い男に棒を渡した。その男は由次に雇われていた小作人の一人で、最初に警察に引っ張られた経緯もある。どうも由次に金を借りていたらしい。彼は藁人形を犯人ではなく由次に見立てて突き刺した。棒の先端は完全に向こうに抜けた。続いて棒はその男の嫁に手渡される。腹の膨らみはすでに臨月に近いその女は、泣き棒を振り上げた。先端は人形の頭を掠め、藁屑が飛び散った。順繰りに棒は渡っていき、竹爺の番が来た。竹爺は一度だけシズの方を振り返った。空洞のような眼差しだった。藁人形は黄金色の血を撒き散らし、すでに原型を失いかけていた。シズはそれが、よく知った者の死骸に見えて仕方なかった。

手で顔を覆うが、指の間から見てしまう。ツキノワの中に、ずたずたに引き裂かれた男の死骸と、鎌で喉を掻き切った女の死骸が転がっていた。シズは悲鳴をあげる。その悲鳴で二つの死骸は消えた。ツキノワの中にはただ、藁屑になった人形が転がるだけだ。

ずっしりと肩に何かの重みがかかった。動けない。口も開かない。首筋に生温かな吐息がかかる。乳臭く生臭い懐かしい匂い。死んだ赤ん坊だった。とうに死んだはずなのに、背中にまつわる肉の温もりや柔らかさはこんなにも重い。シズは喉を震わせ、子守歌を歌った。いや、歌わされた。

倒れていたシズを背負い、家に連れて帰ったのは竹爺だった。シズは竹爺の背中に負われていた時のことを、かすかに覚えている。シズの背中にはもう、何者もいなかった。畔道は真っ暗で、中国山脈も死に絶えたように真っ黒で、ただ鎌の形の三日月だけが空の高処にあった。ざわめく老杉の梢から出た女の唇の形の三日月は、確かに笑っていた。

　早くに寝付いたためか、真夜中にシズは目を覚ました。喉が塞がるほど渇いていた。真っ暗な土間で水瓶の位置がよくわからず、シズは裏手の小川のせせらぎを耳にすると、ふらふらとそちらに出ていった。ふとシズは何かの臭いを嗅いだ。小川の前の草叢にその臭いはあった。ここに居てはいけない。シズは後退りした。そうだ、竹婆に言われていた。そこの川にはあまり行くなと。……この狭い村には、入ってはいけない場所が沢山ある。あまり会ってはいけない人や思い出してはいけない人が大勢いるように。ここの小川は三途の川へも通じている。やはり飲んではならぬ水だった——。

　あれからちょうど一年が過ぎ、再び泥の季節は巡ってきた。雨乞いをせずとも今年は雨が多く、苗は風になぶられれば緑の波になってうねった。蓑笠姿の百姓が朝も晩も生きた藁人形のように泥田で苗を植え、牛に重い鋤を引かせた。深い泥に腰を抜かす牛も出た。田植え歌の節回しが早くなり、ツキノワさえも秋の黄金色を待ち焦がれる風情だ。村人は雲の切れ間の光芒に手を合わせた。

無人となった由次方には、由次の弟の息子夫婦が入っていた。障子紙も張り替えられ、屋根の穴は塞がれ、内厩には新たに買い入れた褐色の牛が繋がれた。

由次の一家を殺した犯人は未だ手掛かりもなく、凶器も見つかっていない。例のツキノワでの呪いももう三度ばかりしたが、藁人形が潰れて舞い散るだけだった。それを見て必ず泡を吹く子供がいた。どうしようもなく汚穢に満ちた場所となっても、ツキノワの苗は青々と伸びる。

一人だけ放蕩者だったという竹爺の三男坊も消息は途絶えたままだったが、何よりもツキノワに藁で結界を拵える役目の男が帰って来てはいなかった。

シズはあれからずっと竹爺竹婆の許で暮らしていた。すでにシズは田植えの手伝いも出来るほどになっていた。あちこちで仕事はある。シズは「名誉の戦死を遂げた者の遺族」として、あからさまな差別は受けなくなった。黙々と腰を屈めて苗を植え雑草を刈るシズは、時には駄賃以外に蒸し芋や煎った大豆なども貰えるようになっていた。口もきいて貰えだしたから、時候の挨拶も覚えた。もう牛と喋ったりしなくていい。

——ナカが嫌った藤の花が濡れて一層鮮やかに揺れる真昼。兄は夕立ちと一緒に、まったく唐突に戻ってきた。肩に頬に、ナカが嫌った紫色の花弁を貼りつかせて。

昼間だというのに山脈が真っ黒に陰るほど外は暗く、蓑を着込んで歩く百姓達は泥に汚れた藁人形だ。田植えの合間の昼飯に帰ってきていた竹爺竹婆は、入口でほとんど腰を抜かした。二人の中ではとうに死者となった者が戸口に立っていたからだ。

　特に竹婆の怯え方はひどかった。手を合わせて経文を必死に唱え、今にも目の前の利吉に取り殺されるような悲鳴をあげた。ただ、「宮太よ宮太よ迷うたか」と喚いたのは錯乱によるものか。竹爺はさすがに口を開けて立ち尽くしただけだ。

「宮太じゃねえ。利吉じゃ」

　それでも竹婆は、なかなか立ち上がれなかった。血の気のない顔色で、いつまでも鳥肌を立てていた。それはシズも同じだ。

「シズよ、兄しゃんじゃ。どねんしたんなら」

　忘れかけていた兄の声を聞いても、シズは答えられない。その時シズは、板の間に犬ころのように丸まって震えていた。雨漏りで筵は濡れ、余計に体を冷やす。シズはひどい夏風邪をひいていたのだ。目は霞み、元々歪んでいる柱や壁がもっと曲がって見える。頭も霧がかかったように朦朧としていて、目の前で起こっていることはみな夢の続きだった。そう、兄が帰ってきたなど。

　鉄瓶の白湯を飲んでようやく落ち着いた竹婆は、決まり悪そうに笑った。竹爺も妙に強ばった顔をしていたが、すぐにいつもの竹爺に戻って何やら盛んに喋り出した。

「……噂では聞いとったが、それねぇな恐てえ事があったとはのぅ」

いつも無口な利吉が、妙に饒舌だった。シズは立ち上がるのも辛く、ただうずくまって兄と竹爺達の会話を聞いていた。三人は土間の上がり框に腰を降ろし、囲炉裏の火で着た物を乾かしていた。兄はあの日の黒い軍衣や軍靴ではなく、いつもの草臥れた縞柄の筒袖だ。ただ裸足ではなく草履を履いていた。

「早う帰りたいんは山々じゃったが、怪我の具合も良うならんでなぁ、あっちで知り合うた広島の者の家で療養さしてもろうたんじゃ。世話になったけん、ちいとでも礼せにゃあと鉄道工夫をしとった。きついがええ金になったで」

そこで兄は、シズがずっと世話になったからと某かの金を框に置いたようだ。竹爺も竹婆も歯のない口で不器用に礼を言うのが、水底にいるようにくぐもって聞こえた。兄は手を伸ばせば触れる所にいるのに、シズは筵の縁を握りしめて寝たふりを続けている。懐かしいはずの体臭はどこか微妙に変わっていた。

「それにしても、ようまぁシズが無事じゃったもんじゃ」

利吉は死んだ牛の臭いがした。その臭いを漂わせ、犯人について語っている。

「まだ捕まらんとは恐てえのぅ」

いや、もう捕まって殺されとる。シズは塞がれた喉で唸る。血塗れの藁人形は、今日も首の傷口を開けた女と並んでいる。

もう一日ここへ寝かせといてやれと口を挟んだのは竹婆だったが、シズが目を覚ました時は、兄の背中の上だった。竹爺に借りたか、雨よけの蓑にシズを包んで背負っていた。夕立はすでに上がりかけ、重い雲の切れ目から光の線が降っていた。濡れた木々は色を増して光り、彼方の田圃から天空へ向けて吹き出すように虹が掛かっていた。一点白いのが太陽だろう。兄は元の小屋に向けて歩いていた。草鞋でぬかるみを踏みしめ、肩は大きく上下した。その肩にしがみつき、シズは恐いことを考えるのはやめた。

　シズはいつも寝ていた隅の藁に潜り込んだ。小屋はさほど荒れ果ててはいなかった。兄は例の竈で火を熾している。

「米粉の粥を作っちゃるけんな」

　熱はまだ高いのだろう。竈の前に真っ黒な牛がいるように見え、シズは心臓が縮み上がるのを覚えた。そうだった、あの竈は恐い場所なのだった。シズは目を瞑る。暗い瞼の裏に赤いものが散る。竈の火ではない。ツキノワで引き裂かれた藁人形が流す血だ。

「もう百姓はせんで。鉄道に行った方が金になる」

　シズも村人の噂や竹爺竹婆の会話でぼんやりとは知っていた。あちこちで始まった山陽鉄道や中国鉄道の開通工事で多くの人手が求められていると。百姓よりよほど儲かると、遠く笠岡や岡山まで出稼ぎに行く男はこの村にもぽつぽつと出始めていた。

利吉は中国鉄道が募集した工夫に採用され、津山まで工事に出ることになった。「再来年には岡山にまで通じるんじゃで。切符は五十銭もするが、乗しちゃるけんな」百姓仕事が嫌なのはツキノワに行くのが嫌なのではないか。シズはそれを聞けない。ともかく利吉は牛にも近づかずツキノワにも立ち寄らず、泥田に足を踏み入れることはなくなった。二時間かけて津山の現場に行き、また二時間かけて帰ってくる。昼の弁当はシズが炊いた。メンコと呼ばれる木製の弁当箱に三合麦飯と漬物を入れ、藁の背負い籠で背負って出掛けた。その間、シズは近隣の田圃に出る。シズは〝ツキノワのあの女の娘〟ではあるが、〝戦勝の殊勲者の妹〟にもなれたのだ。一緒に田植え歌も歌えた。

——いつにも増して「女は業人間じゃ」と、自棄糞気味の朗らかな声が上がるのがこの季節だ。もうじき祭りが始まる。女は何日も前から準備に追われ、飯も立って食う有様だ。村の中心たる火の見櫓がある広場には、この時にしか口にしない鮮魚を売る行商人が来る。県南の方ではばら鮨だが、こちら北の方では鯖鮨を作るのだ。海に近い南部と違い中国山地に抱かれたこの北の果ての村では、無塩と呼ばれる生魚など年に一度の秋祭りぐらいでしか口にできない。

実入りのよくなった利吉は、魚も沢山買ってくれた。籠に入った塩まみれの鰯だ。鰯にまぶした塩だけで麦飯のおかずになる。村人もここぞとばかりに魚を買い込む。

小さな川魚しか口にできない村人には、この魚だけで華やかな祭りなのだった。シズも屈託のない子供らしい笑顔を見せるようになっていた。今年は祭りに参加できるのだ。いつものように利吉と二人だけ、雑木林の向こうからぼんやり明かりだけを見つめなくていいのだ。

兄とはあれからただの一度も「恐い話」はしていない。ツキノワはツキノワで、死んだ母は死んだ母でしかなかった。由次宅の一家惨殺は藁人形のお呪いをさんざんかけたのだから、犯人は今頃苦しみ悶えて死んだはずなのだ。そう、犯人なら元気に祭りを待っていたりするはずがない。ましてやツキノワの奇怪な牛の化け物など、この賑やかな祭りの前に現れるはずもなかった。秋の豊作は約束され、戦争も勝って終わったのだから。

白壁のように顔を塗りたくり、毒々しい派手な花柄の着物を着た三味線弾きの女が、甲高い鳥の声で歌う。その隣で大道芸の軽業をする男の子達は、五人ともシズと同じくらいの小ささだった。無表情な大男の太鼓に合わせ、柔らかく小さな体は仲間の上で土の上で空中でくるくると回った。どこの子供も遠い祭りの日、旅芸人の子供に淡い恋心を抱く。老いた飴細工売りが温めた飴を膨らまし、花の形に捩った飴に真っ赤な食紅を塗れば無邪気な歓声があがる。その隣には、玩具売りの屋台が停まっていた。涼しげな品揃えだ。硝子細工の風鈴は可憐な夏の音を立て、とりどりに彩色された団扇（うちわ）は蝶の羽根のように風に揺れた。だがずらりと並んだ狐のお面は少し不気味だ。

いつも裸足（はだし）の子供達も、この日はとりどりの花緒の下駄を履いている。シズも兄に朱色の花緒の下駄を買って貰っていた。篝火（かがりび）とアセチレン瓦斯灯（ガスとう）だけでは少し離れると人の顔もよく見えなくなる。それでもシズには、こんな明るい夜は驚きだった。

火の見櫓を中心に踊りの輪が出来ている。地を這（は）い腹に響く太鼓と、遥（はる）か上空に流される軽い笛の音色。星は端から端までびっしりと帯を作り、いつもは不気味に重苦しく黒々とした中国山脈の連なりまでが、今夜は芝居の書き割りめいて軽い。近くの鬱蒼（うっそう）とした雑木林だけは暗すぎて嫌な雰囲気だが、そこを渡る風は清（さや）かに青かった。

いつもは村外れで雨曝（あまざら）しの古い位牌（いはい）と、改めて手厚く祀（まつ）らなければならない新しい仏の位牌も持ってこられ、縁台に並べられた。真新しい位牌の中には日清戦争の戦死者のものもあり、惨殺された由次一家のものもあり、ツキノワで果てたシズと利吉の母のものもあった。シズの手を引いていた利吉が、ふと立ち止まる。利吉はじっと位牌に目を注いでいた。牛そっくりの黒々と濡れた目で、由次一家の位牌を見ていた。

再び利吉は歩き始める。一間ばかり歩いてまた立ち止まった。店ではないのに人集（ひとだか）りがしていた。兄に背中を押されシズは前に出る。そこには異様に背の低い、頭だけ歪（いびつ）に大きな男と、赤い着物をだらしなく着崩した、それでいて妙に艶（つや）のある仄白（ほのじろ）い年（とし）増女（まおんな）が並び、何やら奇妙な節回しで調子を取っていた。

「ありゃあ夫婦じゃで」という誰かの囁きが、子供心にも淫靡な何かを喚起させた。シズはまったく唐突に、これは女の方がより強く惚れている夫婦だと感じた。

その夫婦はやはり巡業している芸人で、一抱えもある木箱を地面に置いていた。そこに小さな窓を設けており、どういう仕組みになっているのかシズにはわからないが、覗くと中に鮮やかな絵物語が展開されるらしい。奇妙な節回しで語り始めたのは女だった。

「……の地獄巡りの物語に御座い」

いったいいつ、シズがその硝子の塡まった窓を覗き込むことになったのか。シズは右目で地獄を見ていた。左目は瞑っていたが、やはり暗黒地獄の中にあった。

地獄は一枚絵ではなく、紙芝居のように場面が一定の間をおいて変わった。どこにも亡者と鬼と血があった。骨に皮をまとった亡者はやけに無表情で、鬼に追われても切り刻まれても灼けた鉄棒を尻に突っ込まれても、激しい苦悶はしていない。嬉々としているのでもないが、地獄にいるのが当然といった諦観すら漂わせていた。シズの後頭部から、祭りの賑わいは抜けていった。あるのは足元にのめり込む地獄だ。

不浄なものを浄と思い、浄いものを不浄と思った亡者の行く屎糞地獄、殺生し盗みをした者が墜ちる黒縄地獄、描かれた赤は毒々しいまでに赤く、背景の黒はどんな夜よりも黒く、鬼は残酷なことをしながらもどこか愉快そうで、亡者は責め苛まれながらも一様に無力で大人しかった。

極彩色の地獄巡りは、どういうわけか自分の母親を犯した者が堕ちる無彼岸常受苦悩処で終わっていた。その亡者を責め立てるのは普通に角を生やした赤鬼ではなく、牛頭人身の牛頭だった。その亡者は熱した鉄を口に流し込まれながら、何を思っているのか口元が笑う形になっていた。おそらく母親を思っていたのだろう。

……覗き窓から顔をあげたシズは、全身の血が抜けて蠟のように白くなった。冷えて冷えてどうしようもなく寒かった。亡母の堕ちた地獄がどこかはっきりわかったからだ。そして兄と自分がこれから堕ちる地獄も先に知らされてしまった。

背後にいたはずの兄の姿は、どこにもなかった。雑木林が大きく揺れて、何かの獣の吠える声が長々と後を引いた。踊り回る村人は、地獄の小役人だ。篝火で兄が焼かれていないかシズは本気で恐れた。無論、そんなことはされていなかったが、とにかくいなくなったのは間違いない。アセチレン瓦斯灯の炎は勢いよく燃えても、広場を隈無く照らせはしない。暗夜の中をシズは必死に駆けた。高く低く手拍子が鳴る。嗚咽のような歌声が満ちる。雑木林の向こうはツキノワだから、決してそっちに向かってはならない。

小走りになりながら、シズは泣いていた。そんなシズの目の前に、ふいに白い手が突き出された。白い袖口しか見えないが、確かに女の手だ。シズはその手に飛び付いた。ひんやりとした血の通わない……死者の手だった。シズは絶叫した。しながらもその手を引っ張った。ずるずると白い手はどこまでも伸びてきた。シズが離さないのではない。その白い手が離してくれないのだ。

袖の向こうは闇に溶けているが、シズには見えた。牛の頭を持つ母だ。

……どこも切られていないのに、シズは全身の血を搾りだされて青ざめていた。せっかくの下駄が片方なくなっている。シズは雑木林の前に一人でへたりこんでいた。

「おおい、シズじゃねんか」

その雑木林の中から兄の声がした。続いて兄が現れた。その横に十五、六の桃割れに髪を結った娘を連れている。娘の青と白の派手な格子柄の着物は胸元も裾も乱れていたが、それを恥ずかしがるふうもない。落ちていた片方の下駄を拾いあげてシズに渡してくれながら、何やら舌足らずな甘えた声を出した。見た目は十五、六でも、中身はシズより幼いらしかった。それでいてしっかりとその娘は女、なのだった。

「なんでこねぇに手が冷てえんじゃ」

祭りの後、兄はシズの手を引いてくれながらふとそう呟いた。あの娘は親に連れられて先に帰っていった。あの覗き絡繰の女房と同じくらい、あの娘は傍らの男に惚れていた。男に強く惚れるというだけで堕ちる地獄もあることを、シズはさっき覗き窓から見て知った。兄に手を握られても、シズの手はなかなか温もりを取り戻せなかった。雑木林の中で兄とあの娘が何をしていたかよりも、雑木林のあちらのツキノワが気にかかる。血塗れの潰れた藁人形は、祭りの賑わいを聞いただろうか。

……藁に丸まって寝ていたシズは、夜中に目を覚ましてしまった。燭台もランプもないこの小屋では、夜の明かりは差し込む月光だけだ。シズは隣に兄がいないのに気づいた。闇がさらに濃くのしかかってくる。ふいに暗がりから、奇妙な呻き声がした。シズは息が止まりかける。飛び起きざま、思わず声のした方を向いてしまった。

由次の一家がそこにいた。薄い夏着物のナカは震えながら赤ん坊を抱いていた。その赤ん坊が呟いた。寒いんじゃ……と。

彼らを透かして竈が見えた。そこにも何かがいた。どこかが痺れて現実感が浮遊する。由次の一家はゆっくりと消えていったが、その向こうのものは消えなかった。

一人はあの祭りの晩に兄といた娘だった。あの日の母の亡霊のように、白い足だけが闇に浮いていている。後は闇に溶けて見えない。その白い足の間に真っ黒な何かが乗っていた。牛が鋤を引く動作で、そのものは動いていた。……兄だ。

見開いたシズの目に幼い日の原風景がよみがえった。これとまったく同じ場面だった。竈の前に男と女がいたのだ。こうして牛のように唸っていたのだ。幼すぎたシズにはその重なった二人の影が、まるで一頭の異形の牛に見えたのだ。あの情景が再びここにある。同じだ。違うのは下に組み敷かれた女だけだ。上にいた男はあの日と同じ兄だったが、女が違う。あの幼い日の女は母だった。シズの兄は、シズの父でもあったのだった。

月は雲に隠れたか、真の闇が降りてきた。耳元で牛の吐く息がした。シズは頭を抱えて息を止めた。牛はあの名前を囁き続ける。あの名前を――。

翌朝。兄は何事もなかった顔で出掛ける支度をしていた。どうしても起き上がれないシズは、そのままの格好で呻いた。黙り続けた方がいいのかもしれないが、やはり口にせずにはおれなかった。

「兄しゃん。……鎌はどこに隠したんじゃ」

竈の上の羽釜はふつふつと白い湯気をあげている。利吉の背中はまったく動かない。やがて利吉はゆっくりと答えた。まったく振り向きもせずに。

「お前も気づいたんじゃねんか。竹爺んとこの宮太は神戸になんぞ行っとりゃせん。……裏手の川の前に埋められとんじゃで」

シズはあの異様な臭いと、竹婆のいつかの蒼白な顔を思い出した。

「そこをちょいと掘り返させて貰うて、埋めた。骨んなった宮太が持っといてくれる。何より、あの竹爺竹婆がしっかり隠してくれるから安心じゃ。それより、これも食うか」

利吉は背負い籠を引き寄せ、何かの包みを取り出した。羽釜を降ろして鍋をかける。

「神仏の罰が当たるとか何とか言うとるが、これは本当は旨いんじゃ」

　シズは久しぶりに、あの懐かしい牛の匂いを嗅いだ。竈の上で、あの優しい茶色の牛かどうかはわからないが、牛の肉が煮えていた。

「メオイじゃ。呪いじゃ。シズは色々とあの牛に要らん知恵をつけられようるけん。こうして食うてしまえばええ」

　黄昏時にはすでに涼しい風が吹く。落ちる影も濃い。竈に映る角の生えた兄は、ゆっくりと美味そうに牛の汁を啜った。鍋の中を静かにかき回すのは、白い袖からのぞく痩せた母の手だった——。

ゾフィーの手袋

小池真理子

「あれ」を最初に見た時のことは、はっきり覚えている。夫の四十九日法要を終えてから、ちょうど一週間後の午後だった。

朝から陰気な霧がたちこめた日で、木々も家々の屋根も道路も電柱も、何もかもが煤(すす)けたミルク色の中に沈んで見えた。花の季節だというのに、ひどく肌寒く、バス停でバスを待っているだけで首筋にぞくぞくと悪寒が走った。

出かけるにはあいにくの空模様だったが、どうしても駅前の銀行に行く必要があった。現金が底をついていたし、幾つかの振り込みもしなくてはならなかった。ついでにスーパーに寄り、新鮮なフルーツや野菜、魚などを買って来たかった。

夫が死んだのは、三月に入ったばかりの日曜の朝である。昼近くになっても起きる気配がなかったので、不審に思った。日曜の朝は遅くまで寝ているのがふつうだったが、いくらなんでも、そんな時間まで眠っているというのは妙だった。私は寝室のドアを開け、明るく声をかけた。

夫は布団を頭までかぶったまま、丸くなっていた。駆け寄って行き、布団の上から強く揺すったが、反応はなかった。

くも膜下出血による急死、と断定された。せめて二時間前に気づいていれば、と検視にあたった医師から言われた。二時間前に救急搬送することができたら、奇跡が起こっていたかもしれない、とのことで、それを聞いた私は泣きくずれた。

よく晴れた朝だった。私はたまった洗濯をするため、起きてすぐ洗濯機をまわし始めた。

前の晩、夫は帰宅するなり、なんだか頭痛がする、と言って市販薬を飲み、早めに床についた。疲れている様子だったので、充分に睡眠をとらせてやりたかった。そのため、洗濯機の音が寝室まで届かないよう、洗面所の戸をきちんと閉めておく、という配慮も怠らなかった。あらかたの朝の家事をすませ、二人分の朝食を作り、新聞を読みながら彼が起き出してくるのを待った。

私は自分を責め続けた。もっと早く起こしに行っていれば、異変に気づいたはずだった。呑気（のんき）に洗濯物を干し、鼻唄まじりに食事を作り、いれたての紅茶を飲みながら、のんびり朝刊に目を通していた自分を殺してやりたかった。

自分さえ、もっと勘を働かせていたら。前夜の彼の頭痛が、いつもと違って何か変だと気づいていたら。そうできていたら、夫は今も生きていたかもしれないのだ。私自身の鈍感さが、彼を死なせてしまったのだ……。

だが、そんなふうに、誰のせいでもないことで自分を追いこみ、ぐずぐずと涙に暮れていても、夫が生き返るわけではなかった。

　私はとりあえずまだ、生きていた。半病人のようになってはいたが、呼吸はしていた。食べるものがなくなれば買いに行かねばならず、支払うべきものがあれば振り込みに行かねばならない。混乱のさなかにあるからといって、いつまでも泣き暮らしていたら、前に進めなくなる……気持ちを奮い立たせ、なんとかそう思えるようになったのも、義母や夫の勤務先の人々、私の実家の両親らに助けられて、滞りなく四十九日の法要を終えることができたせいかもしれなかった。

　東京郊外の住宅地。JRの駅前からバスに乗って十五、六分ほど。もともとは義父母が長く住んでいた旧い家である。

　五年前、私が三十五歳、夫が四十歳になる年に、私たちは結婚した。共に初婚だった。

　すでに未亡人になっていた義母は、待ってましたとばかりに家を私たちのために明け渡した。長く暮らした家は離れがたいが、やはり年老いていく中で、あちこち問題が生じやすい旧い建物は煩わしい、第一、冬場が寒すぎて、血圧の高い自分には不向きになった、ここはもう、まだ先の長いあなたたちに任せることにして、老後は交通の便のいい、駅前のマンションで暮らしたい、と言い、義母は可愛がっているオスのポメラニアンを連れて、駅前に新しく建設された明るいマンションにいそいそと引っ越して行った。

夫が生まれる前からそこにあったという家は平屋建てで、義母に言われるまでもなく旧かった。正直なところ初めから、私の手に負えるだろうか、と不安だった。

廊下も柱も黒光りしていた。湿気がこもりやすいのか、よほど換気に気をつけていないと、梅雨どきなど、どこからともなく黴のにおいが漂ってきた。庭には鬱蒼と木々が生い茂り、いくら植木屋に剪定させてもすぐに枝葉を伸ばして、あちこちに日陰を作った。

玄関脇に、応接室として使われてきた洋間が一つ。廊下にそって和室が三つ。独立した広めの洋間が一つ。その洋間と廊下をはさんだ正面に、クローゼットを兼ねた小さな板の間が一つ。台所は広く、中央に置いたテーブルで食事を済ませることもできたが、冬場は寒くて閉口した。風格はあるが、掃除も大変なら、メンテナンスにも逐一、気をつかってやらねばならない家だった。

結婚したら義母と同居することになる、と思いこんでいたため、私の気は重かった。旧い家を大切に守って暮らしてきた年配者が、ろくな主婦業もできない私のような人間を相手にすれば、万事、苛立つことばかりになるだろう。関係がぎくしゃくするのは目に見えていたので、私は、義母があっさりと駅前のマンションに引っ越す、と言い出した時、内心、ひそかに小躍りしたものだった。

だが、こんなに早く夫に死なれるとわかっていたら、私は喜んで義母と同居していたと思う。いくら小言や嫌味を言われてもかまわない。駅前のマンションなんぞに行かず、お願いですから、ここでずっと私と一緒に暮らしてください、と自分から頼んでいただろう。そして、夫の死後も、義母と小さな犬と一緒に、慎ましくこの家を守り、夫を偲びながら静かに暮らしていたことだろう。「あれ」に怯え続けることなく、暮らしていけるのなら、私は何だってしただろう。

……主を失った家は、渦巻く霧の中に青黒く横たわっているように見えた。青黒く見えたのは、屋根に載っている煤けた洋瓦が青みを帯びていたせいもあるが、私には家そのものがもう、呼吸をすることをやめてしまったようにも感じられた。

出迎える者もいない家の玄関の鍵を開け、蝶番のたてる錆びついた音を耳にしながら、私は中に入った。

家中に線香のにおいがたちこめていた。まるで、今もなお、線香が焚かれているかのようだった。何か変だな、と感じた。

夫の位牌と遺影は、これまで私たちが寝室として使っていた奥の洋間に置いてある。線香は出かける時に消した。何度も消えていることを確認した。心身ともに弱り果ててはいたが、線香による火災に気を配るだけの理性は残っていた。

夫亡き後、夫の仕事関係者や知人から、箱入りの贅沢な線香がいくつも送られてきた。ひとつとして同じものはなかった。夫を偲ぶためにも、毎日、においの異なるものを焚くようにしてきた。

その朝、焚いた線香は、京都の著名な寺で使われているという特製のものだった。いささか香りが強いものだったため、そのせいで今日は、消したあとの残り香もきつく、時間がたっても、家中に線香のにおいが漂っているように感じるだけかもしれない……そう考えるしかなかった。

気を取り直し、ふだん履いているスリッパにはきかえようとして、私はふと動きを止めた。

出かける時、脱いだスリッパはきちんとそろえておいたはずだった。だが、スリッパの片方が裏返しのまま、ハの字形に転がっていた。

別に特別几帳面な人ではなかったし、神経質な面も見られなかったが、夫は自分が脱ぎ着するものに関してだけは決しておろそかにはしなかった。脱いだものは衣類であれ、下着であれ、履物であれ、元あった通りにそろえておく。衣類なら皺をのばしてハンガーにかける。畳む。履物なら、それに足を入れやすいよう、形を整える。母親からそうするよう躾けられてきた、という話だった。

そのため自然に私も、同じようにする習慣が身についた。独身時代は、もっとだらしのないところがあったのに、夫にならって、衣類はもちろんのこと、どんなに急いでいる時も、脱いだスリッパを乱雑にしたまま出かけることは一切、なくなった。

家を出る時、スリッパはそろえたつもりだったのが、そうしていなかったのだろうか、と私は思った。悲しみに沈むあまり、やったつもりでいて、実際は脱ぎっぱなしだったのかもしれない。

その時は、そうとしか考えなかった。深い喪失感は、私の中の記憶力や意識の持ち方、時間感覚すら変えてしまっていた。実際、外出時にスリッパをそろえたかどうか、など、ある意味ではどうでもいいことだった。

裏返しになっていた片方のスリッパを元に戻し、爪先（つまさき）を入れて、私はのろのろとスーパーで買ったものを詰めたレジ袋を持ち上げた。バス停から家まではほんの数分だったが、その距離を持ち歩いてきた以上に、袋はずっしりと重たく感じられた。

霧のせいもあって、家の中はどこもかしこもうすぐらかった。明かりが欲しかったが、両手は塞（ふさ）がっていた。廊下の明かりは玄関脇の壁にしかない。再び玄関先まで戻るのは億劫（おっくう）だった。

のろのろと台所に向かおうとした、その時だった。長い廊下の右側にある台所の少し先、突き当たりの壁の前あたりを、すうっ、と音もなく、白い人影が横切っていくのが視界に入った。

左側から右側に。時間にして三、四秒。いや、もっと短かったか。

正面左側は寝室。廊下をはさんだ右側は衣類のクローゼットに使っている板敷きの納戸だった。人影は明らかに寝室から出て来て、その納戸に向かい、ふっと虚空に吸い込まれていったかのように見えた。

私はぼんやりと突っ立ったままでいた。ぞっとする、とか、総毛立つとか、悲鳴が迸る、といった恐怖の感覚は希薄だった。むしろ、理解しがたいものを目にして、意識をそこに集中させようとする落ち着きに包まれてすらいた。

女の人だ、ということは瞬時に判別できた。細く偏平な感じのする身体。栗色の髪の毛を三つ編みにし、きっちりと結い上げている。丈の長い、白っぽい薄手のワンピースのようなものを着ている。だらりと下げたその両手は、白い手袋に包まれている……。

気がつくと、私は手にしていたスーパーの袋を廊下に落としていた。どさり、という重たい音があたりに響いた。春トマトがひとつ、廊下を転がっていくのがわかった。

寝室から納戸に向かって廊下を横切っていった女が、手袋をはめていたかどうか、はっきり確認したわけではない。だが、私は、瞬時のうちに意識下で見分けていたのかもしれない。

白く薄い、シルクの手袋……。たった一度しか目にしたことがないというのに、常に私の記憶の中から消えず、ありもしないことで嫉妬をかきたてられ、苦しめられていた。あの女がはめていた手袋……。

女は日本人ではなかった。名前をゾフィーという。ゾフィー・ベッケンハウアー。ウィーン生まれのオーストリア人で、ゾフィーは私と夫が結婚してから半年後、今にも雪に変わりそうな冷たい雨のそぼ降る中、ウィーン郊外にある自宅の裏庭の木に紐を渡し、縊れた。


夫、城之内明は、大学院を卒業してから、外資系の製薬会社に入社。研究職の仕事についた。入社五年目で、ウィーン本社勤務の辞令が出され、単身、渡欧して以来、研究ひとすじの毎日を送った。

三十五になった年に、彼は現地でゾフィー・ベッケンハウアーという若い女と親しくなった。ウィーンに生まれ、ウィーンで育ったという彼女が、彼のいる研究室でのアルバイトに応募してきて、採用されたのがきっかけだった。

夫の十歳年下、と聞いているから、当時ゾフィーは二十五歳。初めからどこか健康を害しているのではないか、と案じられるほど痩せており、顔色も悪かったそうだが、その実、健康状態には何ら問題はなかったらしい。だが、体質的に太れず、食も細く、やや鬱的傾向にあったのは事実だったようだ。

とはいえ、外見上の弱々しさとは裏腹に、彼女はてきぱきと仕事をこなした。そして、次第に夫とうちとけていった、という話だった。

生前、夫はゾフィーについて、私にいろいろな話をしてくれた。

中には妄想の中でやきもちをかきたてられるようなエピソードもあったし、いくら否定されても、彼女と少しは何かがあったのではないか、という疑念が消えたことはなかったが、少なくとも夫の話は見事なまでに一貫していた。

即ち、彼とゾフィーとの間には、何ひとつ性的なふるまいはなかったということ（もちろん、挨拶程度のキスや軽い抱擁はあったというが）。彼自身、彼女に恋愛感情を抱いたことは一度もない、ということ……。

夫がゾフィーに感じていたのは、彼の言葉を借りれば、「年の離れた妹に抱くような情愛」であり、「生まれつき虚弱な友人に抱くような友情」に似たものだったという。

相手が異性であること、しかも繊細な陶器のように美しい女性であることはもちろん認めていたし、ロココ様式の絵画に登場するような美しい女性だ、と感じることすらあったという。だが、だからといって結婚したいだの、熱情と情欲に浮かされて共に暮らし始めたいだの、そういった願望はみじんもなかった、と彼は私に強調した。

夫がゾフィーと研究室内で親しくなって、ほぼ一年後、夫の父親が急逝した。

しんしんと冷えこむ二月の晩、新宿で、元いた大学の教授仲間たちとはしご酒をし、店を出て駅に向かおうとした時に突然、胸をかきむしって倒れたのだという。ただちに救急車で搬送されたが、病院に到着した時はすでに心肺停止状態になっていて、助からなかった。

知らせを受けて急遽、帰国した彼は、母親を支えながら長男として葬儀一式を執り行った。遺体は自宅に移されることなく、病院から葬儀社のほうに送られ、家族や親類、仕事関係者、知人たちとの別れをすませた後、荼毘に付された。

彼は数日間、母親と共に過ごし、父親を偲んでいたが、いつまでもそうやっているわけにもいかず、再びウィーンでの仕事に戻った。だが、旧い家に一人残される形になった母親のことが気がかりで仕方がなかったらしい。ほどなく彼は、会社に帰国と異動を申請した。

有能な研究者であった彼を手放したくない、とする会社側の意向もあり、結論が出るまでに時間がかかったようだが、最終的には問題なく受理された。彼はその翌年、ウィーンを引き払い、帰国した。

一方、彼を慕い、おそらくはひそかに強い恋愛感情を抱いていたに相違ないゾフィーの傷心ぶりは、誰の目にも明らかだったらしい。彼女は仕事を休みがちになり、やがてまったく姿を現さなくなってしまったという。

ゾフィーにとって、私の夫、城之内明という日本人の男が何だったのか、私には容易に想像できる。永遠の恋人であり、自分を支えてくれるかけがえのない男であり、世界で一番愛する相手……兄のような、庇護者のような存在でもあったのだろう。

　彼女が結婚を視野に入れていたかどうかはわからない。そんな形式的なことよりも何よりも、彼女はただ、彼から離れたくなかったに違いないのだ。ただそこにいてくれるだけでいい、とまで思いつめたのだ。そうでなければ、彼の自分に向けた気持ちの確証すらないままに、遠路はるばる日本までやって来ることはなかっただろう。

再び彼に振り向いてもらうべく、ゾフィー・ベッケンハウアーは死にもの狂いの努力を続けた。そしておそらく、いっときは夫もまた、情にほだされかけたことがあったに違いない。

　仕方のないことだったと思う。捨てられた小犬のように痩せ細ったまま、自分に会うために遠くウィーンからやって来た女……しかも病弱な貴族の娘を思わせる、美しいオーストリア人女性だった。しっしっ、と冷たく追い返すような残忍なふるまいは、たとえ恋愛感情がなかったとしても、彼にできることではなかった。

　私の夫、城之内明は心優しい男だった。常に相手の気持ちを斟酌して行動した。できないことはできない、と偽ることなくはっきり言うが、そう言いながらも、相手の気持ちを靴底で踏みにじるようなまねは決してしなかった。

　どんな時でも、脱いだ衣類や履物をきちんとそろえておくのと同じように、彼はゾフィーを最後まで気遣い、傷つけないよう努力し続けた。結論は初めから出ていたし、そのことを包み隠さず告げてはいたが、相手が納得してくれるまでの道のりを決して煩わしく思わなかった。

彼は誠意と友情をこめてゾフィーを導こうとしていた。それだけは確かだった。

なぜ、こんなふうに断言できるのかというと、私自身がかつて、そんな彼とゾフィーの姿を目撃したからである。東京までやって来たゾフィーが傷つきながらも彼を慕っていた姿、そして、そんな彼女を見守り、ウィーンに戻るまでの間だけでも支えようとしていた、城之内明の姿を私は、はっきりこの目で見たからである。


私は三十四歳になった年、後の夫となる城之内明と、見合いに似た形で引き合わされた。

私の母方の叔父は、城之内明が勤めている製薬会社の東京支社で、そのころ、役員職についていた。社内でも評判のよかった城之内明が独身と知り、なかなか結婚しそうにない姪の私と引き合わせてみたらどうか、と一計を案じたらしい。

大学卒業後、私は都内の繊維会社に就職したが、仕事が退屈で興味がもてなかったことを理由に二十八歳で退職。実家で両親と暮らしながら、これといった定職にもつかないまま、ぶらぶらしていた。

幸い、下町で工場を経営していた両親は、何かにつけうるさく言うような人間ではなかった。それに乗じて私は、ベリーダンスを習いに行ったり、フランス語会話を勉強したり、友人に誘われて登山してみたり、折々の流行(はや)りものを追いかけながら気ままに暮らしてはいた。だが、内心、このままいけば、将来は独身のまま、親もいなくなり、どうやって生きていけばいいのか、と焦り始めていた時期でもあった。

　叔父から、四十歳になるうちの独身社員で研究職についている男がいる、ウィーン本社に長く勤務した経験があり、ドイツ語にも堪能(たんのう)で、社内でも評判の優秀な男である、一度、会ってみる気はないか、と言われた時、四十になるまで独り身でいた、研究職につく男なんぞ、きっと身なりもかまわない、ろくに風呂(ふろ)にも入らない、モテた経験など皆無の男に決まっている、と思った。しかし、そう思いながらも、一方では、会うだけなら会ってみてもいい、と感じた。

　いい年をして親に甘えながら、いつまでもふわふわとした生き方を続けていくつもりはなかった。工場は私の兄が継ぐことに決まっていたし、私は自由が保証されている代わりに、自分で人生を決めなければならない立場にあった。お膳立(ぜんだ)てされた出会いでも、何か生き方の変化のきっかけになるのかもしれず、それならそれで、素直に向き合ってみたい、という殊勝な思いもあった。

　あっさり会うことを承諾した私に、叔父は拍子抜けした様子だったが、大喜びしてすぐに段取りをつけてくれた。

桜の見頃も終わりかけた、四月の日曜の午後。待ち合わせの場所は都内のホテルのラウンジ。アフタヌーンティーとやらを叔父夫妻と私と、叔父の薦める独身男と四人で気軽に楽しむ、という設定だった。

遅れないように、と言われていたので、当日、私は早めに家を出た。「気軽に」が合い言葉になっていたから、服装には特段、気をつかわなかった。さすがにデニムは控えたが、ふだんの外出用によく着ていた春物の、淡いクリーム色のシャツふうチュニックにネイビーのパンツ、という、気のおけない組み合わせを選んでみた。

おかしなことに、緊張感はほとんどなかった。むしろ私は、好天に恵まれたその日、叔父夫妻の奢り(おごり)でアフタヌーンティーを楽しみ、好き勝手なことをしゃべりながら、「風呂にも入らないような独身男」の品定めをし、あとで両親や友人たちに面白おかしく話すための材料を仕入れてこよう、と楽しみにすらしていた。

待ち合わせのホテルは、当時、私が住んでいた実家の最寄り駅から地下鉄に乗り、乗り継ぎなしで二十数分の場所にあった。地下鉄の駅を降りて歩く時間を計算に入れても、四十分の時間をみておけば充分だったが、私は約束の時刻の小一時間ほど前に、最寄り駅から地下鉄に乗った。

車内は適度に混雑しており、空席はなかった。私は車両の中央付近まで進み、吊り(つり)革につかまった。

地下鉄が発車してすぐだったと思う。斜め前に座っていた外国人女性が、私の目に飛びこんできた。

それは本当に「飛びこんできた」としか言いようのない、ある種の小さな衝撃でもあった。

彼女はまるで、絵画の中から出てきたかのように美しく、魅力的だったが、蠟を思わせる白い顔をしていた。青白い、というよりも、異様に透明感のある白さで、ひどく不健康な印象だった。身体は病的に痩せており、女性らしいふくらみというものがまったくなかった。

着ていたのはたしか、ベージュ色の総レースの、なんとも古めかしい感じのするブラウスと同系色のスカートだった。スカート丈はくるぶしの上あたりまであって、きちんとそろえた爪先の、これまた時代遅れの感じがする先の円い、煤けた灰色のフラットシューズがスカートの裾から覗いて見えた。

栗色の髪の毛を両耳の脇で三つ編みにし、きつく結い上げていた。綻びひとつない髪形、と言ってもよく、同様に、その整いすぎた顔にも、不健康ということ以外、綻びと言えそうなものは何もなかった。

口紅はおろか、アイシャドウやチークを塗っている様子もなかった。完全にノーメイクのその顔には、無心に何かを求める、ある種の病人の痛々しさのようなものだけが窺（うかが）えた。

しかし、それだけなら、彼女は何かの病気にかかっているに違いない、と思うだけで終わっていただろう。観光客には見えなかった。高度医療の恩恵を受けるために、日本までやって来た病人……などと想像し、そっと目をそらしていたことだろう。

彼女が両手に、場違いそのものとも言える、季節外れの、シルクと思われる白い手袋をはめてさえいなかったら。そして、その手袋をはめた手で、目の前に立っている男の手を握りしめ、目の縁を真っ赤に染めながら、時折、不安げに男を見上げていたりしなかったら。そうでなかったら、私はあれほど遠慮会釈なく、彼女の様子、そしてその前に立ち、あたかも病弱な恋人を守ってやろうとするかのように、車内で両足を踏ん張っている男の様子を盗み見ようとしたりはしなかっただろう。

地下鉄だったので、外は暗く、窓ガラスには乗客が映し出されていた。私の隣に立っている男の顔が、よく見えた。

知的な感じのする上品そうな顔だちの、おとなしげな中肉中背の男だった。焦げ茶色のジャケットに、白いシャツの前ボタンを上まできちんと留めて着ていた。

細くて一重の、日本人特有の目だったが、目尻がやや下がっているせいか、優しげに見えた。

男は目の前に座っている外国人女性を時折、見下ろし、安心させるかのように微笑みかけた。何も話しかけなかったし、女のほうも口を開くことはなかった。女が悲しそうな目で男の指を握ったり、白い手袋をはめた手で、さも苦しそうに喉のあたりをおさえたりするたびに、男は、彼女に向かって穏やかに、なだめるような視線を投げた。

目的の駅に到着するまで、私は吊り革につかまったまま、ちらちらとそんな二人を観察していた。恋人同士か、あるいは夫婦なのだろう、と想像した。

乗降客の多い駅で地下鉄から降りた時、私はすぐに二人を見失った。二人が同じ駅で降りたのはわかっていた。ほんの一瞬、女のほうが男にしなだれかかるような仕草をし、男が片方の腕でそれを受け止めている姿を目の端でとらえたような気もするが、確かではない。それは、後に私の心が作り出した妄想上の風景だったかもしれない。

だが、その時はむろん、どこの誰ともわからないカップルのことなど、すぐに忘れた。約束の時刻まで、まだ時間があった。

ホテルの中の、高級な衣類やバッグを扱っているたくさんのショップをひやかして歩き、トイレで軽くメイクを直してから、待ち合わせていたラウンジに向かった。すでに叔父夫妻の姿があった。

叔父は、ついさっき、城之内君から電話がかかってきた、と言った。到着が七、八分遅れるらしいよ、と。

別に正式な見合いの席じゃないんだから、少しくらい遅れたっていいんだが、と叔父は言い、苦笑した。珍しいな、彼は約束の時間の五分前には来てるような男だったんだけどな、と。

だって、こういう席じゃないの、と叔母(おば)が言い、くすくす笑った。さすがに緊張して、支度に時間がかかったのよ、と。

そうだな、と叔父も笑顔で同調した。

約束の時刻よりも八分ほど遅れて、「城之内明」がラウンジに現れた。

お、来た来た、と叔父が言い、にこやかに手を振ってみせる仕草をした。遅れまいとして、きっと走って来たんだ、ぜえぜえ言ってるよ。

あらまあ、ほんとに、と叔母は微笑ましそうに目を細めた。

私はいくらか緊張しながら、伏目がちに叔父の視線をたどった。

信じがたいことに、叔父のその視線の先には、あの一重まぶたの、優しげな目をもつ男……病弱そうな若い外国人女性をいたわるようにして、同じ地下鉄の車両に乗っていた男……がいた。

研究職についていた、頭脳明晰(めいせき)で才能に恵まれた城之内明が、なぜ少しも迷わずに、上司から勧められるまま、私と会う気になったのか。そして、わずか三度ほど、デートを重ねただけで結婚を決めたのか。

四十歳まで悠々自適の独身暮らしをしていた男に、急に結婚願望が生まれるものだろうか。私との結婚は、私のことを気にいったからではなく、ゾフィーから逃れるためのものだったのではあるまいか。それほど彼とゾフィーとは、かつて深い関係だったことがあるのではないか。

……そんなふうに、私はあることないこと、あれこれ邪推した。見合いのような形で出会い、なんとなく互いが気にいって結婚したに過ぎないというのに、私は時折、夫の過去がひどく気になって、苦しくなった。

黙っていればすむことではなかったし、もともとそういうことを黙っていられる性分でもなかった。私は覚悟を決め、婚約が調った後に、単刀直入、彼に向かって、気がかりだった外国人女性についての質問を投げた。

実はあの日、私はあなたと会う前にあなたを見ていたの、と私は穏やかに切り出した。地下鉄の中で。あなたはきれいな外国の若い女の人と一緒だった。病気かな、と思うくらい顔色の悪い、痩せこけた人だったけど、彼女はあなたしか見えないっていう表情をしていて、冬でもないのに、両手に白いシルクの手袋をはめてて、それがすごく印象的だった。私はてっきり、あなたたちは恋人同士か夫婦なんだろうな、って思ったのよ。あなたは、病弱な恋人か妻をいたわってる男の人に見えたの。だから、そのすぐ後で、ホテルにあなたが現れた時は、もうびっくりして、口がきけなかった。わかるでしょ？　ね、教えてほしいの。あの人は誰だったの？　あなたの恋人じゃなかったの？

残念ながら違うよ、と彼はひとつも慌てずに、物静かに答えた。そして、私が見た顔色の悪い、白い手袋をはめた外国人女性がゾフィーという名のオーストリア人であることや、彼女がウィーンの自分の研究室でアルバイトをしていたこと、自分を追って東京まで来てしまったのは正直なところ、迷惑だったこと、申し訳ないが彼女に対する恋愛めいた感情はひとつもなくて、それを正直に彼女にも伝え、なんとか理解してもらえたこと、などを包み隠さず話してくれた。

そして、私と「見合い」をしたあの日のことも彼は打ち明けた。

あの日、ゾフィーと会う予定はなかったのに、朝、携帯に電話がかかってきて、明日、私はウィーンに帰ることにした、長い間、迷惑をかけてごめんなさい、と言われたこと、だから今日、最後に少しだけあなたの顔が見たい、と懇願されたこと、倒れるのではないかと思われるほど衰弱しながら、帰国の決心をつけてくれた彼女を突き放すわけにはいかなかったこと、だから、ホテルでの約束の時刻ぎりぎりまで、乞われるままに一緒にいてやったこと、などを明かした。

あなたのことが忘れられなかったのね、と私は言った。

彼は、そうらしいね、と言い、うすく笑った。

「ひと目見て、すごくきれいな人だけど、きっと重い病気なんだな、って思ったの。弱ってるように見えたから」

「あのころ、ほとんど食事がとれていなかったんだよ。金もそんなに持ち合わせがあるわけじゃなくて、安ホテルに泊まってて。ぼくがいろいろ、滞在費を工面してやってたんだ。医者にみせなくちゃいけないくらい衰弱しちゃって、内心、どうしたもんか、って、弱り果ててたから、彼女が帰国の決心をつけてくれたと知った時は、心の底からほっとしたよ」

「そんな時に私とお見合いしたのね。彼女が知ったら、どうしてたかしら」

「さあ、どうかな」と彼は言った。

今さら思い出したくもないことを話題にされている、といった表情だった。私はそれ以上、何も訊かずにおいた。

だが、先に口を開いたのは彼のほうだった。

「たぶん」と彼は言った。「彼女は、初めから心を病んでたんだ。研究室にバイトで入った時からね。そのことに気づいてから、彼女の言動が気になったし、気の毒にも思うようになった。だから、人よりも親切にしてたところがあるんだけど、彼女はそれを好意だと受け取ったんだろうね。ゾフィーを無視できなかったのは、ぼく自身が彼女をそうさせてしまったことを知っていたからかもしれない。誤解しないで聞いてほしいんだけど、ゾフィーが美人だから、ということは何の関係もないんだよ。本当に何も。でもぼくは、ゾフィーを前にするたびに、無条件に優しくふるまった。ぼくは、初めから傷を負っている人間に、そうと知っていて、冷たくあたることはできないんだ。それがどんなに間違ったことだったとしてもね」

「本当に心優しい人は、どんな時でも、何があっても優しいものだ、って、昔、祖母から聞いたことがある」と私は言った。「だから……あなたの優しさは、間違ってなんかなかったのよ」

短い沈黙のあと、ありがとう、と彼は言った。

私たちは互いに目を見交わし、静かに微笑み合った。長く愛し合い、信頼し続けてきた恋人同士みたいだ、と思い、くすぐったい喜びに包まれた時のことは、よく覚えている。

ゾフィー・ベッケンハウアーの自死の知らせが、夫のもとに舞い込んだのは、私たちが結婚し、郊外の旧い家で暮らし始めて半年ほどたったころだった。ウィーンの本社から東京支社の彼あてに、直接、報告があったのは、ゾフィーがかつて、夫を慕っていたことを知る人間が本社に大勢いたからだと思う。

ゾフィーが自ら生命を絶ったのは、恋しい男の気持ちをつなぎ止めることができなかったせいなのか。意中の男が、帰国するなり、さっさと結婚してしまったことに対する、彼女なりの恨みの表明だったのか。それとも、そういったこととは無関係に、心を深く病んでいたという彼女が、若くして選んだ始末のつけ方だったのか。

遺書はなかったそうで、確かなことは今もわかっていない。

夫からそのことを知らされた時、そのうち、行ったほうがいいのかしら、と私は訊ねた。

どこに、と夫は訊き返した。

ウィーンに、と私が小声で言うと、彼は、どうして、と重ねて訊き返してきた。だって、と私は口ごもった。彼女はあんなにあなたのことを……。そう言いかけてやめた。

夫はきっぱりと首を横に振り、こう言った。「冥福を祈るだけだよ」

自死したと知っても、夫の私への言動にはつゆほども乱れがなかった。衝撃的な知らせに混乱したり、露骨に悲しみをにじませたり、何か考えこむ様子をみせる、ということも一切、なかった。

そのことが、私をあれほど安堵させたというのは、私はもしかすると、初めからゾフィーの存在そのものにやきもちを妬いていた、ということかもしれない。

霧の日以来、まるで私に不意討ちを喰らわそうとでもするかのように、ゾフィーがたびたび現れるようになった。

初めて目にしたのとは逆で、納戸となっている小部屋から現れ、寝室に吸い込まれていくのも見た。座敷の片隅の小暗い一角に、ぽつねんと所在なげに、俯いた姿勢で座っているのを見てしまったこともあった。

かと思えば、気配だけで現れて、何か冷たい陰気な風のようなものが、私のそばをすうっと吹き抜けていくこともあった。深夜、誰もいないはずの浴室で、湯を使う音が聞こえてきたり、線香立ての中でゆらゆらと煙を立ちのぼらせていた線香が、どの窓も閉めているというのに、異様に強く渦をまき始めたかと思うと、夫の遺影を包みこんでいくのがはっきり見えたりもした。

一連の不可解な現象に、法則と呼べるようなものはなかったが、時と共に、次第にはっきりしてきたことがあった。それは、日毎夜毎、明らかにゾフィーの気配が強まっていく、ということだった。

だが、私はそのことを誰かに打ち明けよう、相談してみよう、とは思わなかった。なぜなのか、当時はわからなかったが、今ならはっきり理由を言うことができる。そんなことを人に話したら最後、自分の中の怯えがさらに烈しくなって、いたたまれなくなることが私にはわかっていたからだ。そのほうがよほど、恐ろしかったからだ。

だいたい私は、ゾフィー、という名を口にすることすら、いやだった。気味が悪かった。

夫にあれほど執着していた女の霊が、夫の死後、家に現れている、などという話を震えながら打ち明けたりしたら、相手は夫を突然失った妻の妄想、幻覚、と思うかもしれなかった。場合によっては、「悲しみのどん底にいる時は、よくそういうまぼろしを見るものですよ」などと、気の毒そうに言われるかもしれず、いずれにしても私は、「気を病んだ痛ましい未亡人」として扱われて、何の解決にも至らないに違いなかった。

陰鬱な怯えの中で、時間だけが流れていった。だが、五月も半ばを過ぎるころになると、晴天の日が続き、庭の木々は新緑に輝いて、いくらか気分のいい時が続くようになった。

梅雨に入れば、ただでさえ湿度の高いこの家には、どれほど除湿器をまわしていても、じっとりとした空気がはびこり、水回りや風通しの悪い場所には黴がはえてしまう。

晴れ間の多いうちに、少し、夫の遺(のこ)した衣類を点検しておこう、と私は思った。納戸に長く置いてある旧い洋箪笥(ようだんす)は、梅雨に入ったとたん、たまに扉を開けて空気を通してやらないと、中に吊るしてある衣類まで、黴くさくなってしまうことがあるからだった。

おそらくは、納戸として使っている小部屋の壁自体に問題があったのだと思う。北向きの部屋で、窓はついていたが、一年中日が当たらないのは、どうしようもなかった。

かつて義母もそのことを気にしていて、いずれは業者に頼んで、壁に断熱材をとりつけてもらったほうがいい、と言っていた。夫も私もそのつもりでいたのだが、どことなく煩わしくて、一年、また一年、と先のばししているうちに、こんなふうになってしまった。

朝からよく晴れた、空気の乾いた日。私は決心して、納戸の洋簞笥の前に立った。生前の夫が着ていたジャケットやズボンを目にするのが切なくて、長く閉ざしたままにしておいた簞笥である。まず、室内の窓を開け、風を入れてから、思いきって簞笥の扉に手をかけた。

どっしりとして重たい、おそらくは夫が生まれたころに購入されたと思われる、旧いタイプの焦げ茶色の洋簞笥である。引き出しが二杯。観音開きになる扉を開けると、裏面には鏡がついている。

冬用のコート、通年着られるレインコート数着、ブルゾン、ジャケット、礼装用スーツなどが目の前に現れた。何もかもが懐かしく、私の胸は塞がれた。まだ、中は黴くさくはなっておらず、前年に吊るしておいた防虫剤のにおいがかすかに残っていた。

手を伸ばし、夫が好んでよく着ていた、フラノの灰色のジャケットと、紺色の背広との間に何気なく手を伸ばした、その時だった。

ぎっしりと詰めこまれた衣類の下のほうに、何かが見えた。煤けたレースのようなもの。そして、薄汚れてはいるが、白くうすい手袋をはめた二本の手……。

悲鳴をあげて逃げ出す前に、私の手は、簞笥の中の夫の衣類を勢いよくかき分けていた。なぜ、恐怖の只中にいながらそんなことができたのか、自分でもよくわからない。確かめたかったのかもしれない。戦いたかったのかもしれない。

吊り下げられた夫の衣類の向こうに、うすい紙のようになった、輪郭のはっきりしないゾフィーが座っていた。両膝を丸めた姿勢で、おそろしく青白い顔のゾフィー・ベッケンハウアーは、うつろな空洞のごとき目を力なく宙に向けていた。その白蠟化したような肌と、両手首のあたりまでを包みこんでいる白い手袋を目にしたとたん、私は自分でもぞっとするような、細い金属的な叫び声をあげた。

その日は、とても家にいられそうになかったが、だからといって財布片手に外に飛び出し、駅前の義母のいるマンションを訪ねて行って、ことの次第を明かそうとは思わなかった。

そんなことをしても、いつかは家に戻らねばならない。夫を慕って、死後もまとわり続けるオーストリア人の女の幽霊が出たからといって、夫と過ごした大切な家を捨てるわけにはいかなかった。

「出た」のは強盗や強姦魔ではない、現実には何もできるはずのない「死者」なのだった。

私は外に出ることをやめ、深呼吸を繰り返して気持ちを落ち着かせた。居間のテレビをつけ、家の中に音を絶やさないようにした。納戸から一番近い寝室……夫の遺影と位牌が置いてある部屋……にはしばらくの間、近寄らないようにし、その晩は、玄関脇の応接室のソファーに毛布と枕を運んで、そこで過ごした。

応接室にはテレビがなかったが、代わりにノートパソコンを持ちこみ、大音量にしてインターネットのラジオを流し続けた。

ほとんど酒が飲めない体質のため、アルコールに頼ることはできなかった。代わりに私は、どうすべきか、必死になって考え続けた。この先、自分がとるべき行動を考え、模索している間は、いくらか気が休まった。

捨ててしまおう、と私は決心した。あの箪笥を夫の衣類ごと、ただちに捨ててしまうのだ。ゾフィーが落ち着ける場所を奪い取ってしまうのだ。

翌日、私はネットで不用品廃棄を専門に扱っている業者を探し、電話で箪笥を廃棄してほしい、と頼んだ。至急、お願いしたいのですが、と言うと、相手は快く承諾してくれた。

その時はまだ、恐怖心と共に怒りがあった。夫の衣類に包まれて、あの暗い部屋の、旧い簞笥の中にいつまでも座っていたいのなら、簞笥ごと処分してやるから、そのつもりでいなさい、と、私は心の中でゾフィーに叫び続けていた。

ドイツ語を使わなければ理解されないことはわかっていたが、かまやしなかった。ゾフィーがあそこに棲(す)みついていたことは、初めて知った。夫を探しもとめて、この家の中をあちこち徘徊(はいかい)しては、再びあの、夫のにおいの残された洋簞笥の中に戻っていったのだろう。

あの気味の悪い、執着心の強い、病弱な外国人の女の幽霊なんか、簞笥ごと処分してやる。そんなに恋しいのなら、夫の衣類も一緒にくれてやる……私は内心、そう息巻いていた。

業者は約束通り、その日の夕方にやって来た。前日までの晴れ間に翳(かげ)りがさして、陰鬱な雲がたれこめ始めた日だった。やって来たのは四十代とおぼしき男二人と、見るからに若い学生ふうの男が一人。三人は言葉少なに、私が指示した通り、旧くて重たい洋簞笥を中身ごと納戸から運び出し、手慣れた様子で玄関から出すと、手際よくトラックに積んで走り去った。

中に入っている衣類は取り出さなくてもいいんですか、とはひとつも聞かれなかった。世の中には、私に限らず、もっととんでもないことをその種の業者に依頼する人間がいるのだろう。

洋箪笥が運び出されたあとには、長年、降り積もった埃（ほこり）だけが、底のあとを四角くなぞるようにして残された。私はすぐにそこに掃除機をかけ、念入りに埃を吸い取った。次いで、台所から塩をもってきて、その場所を中心にまき、清めの儀式をした。ついでに線香を焚き、形ばかり、ゾフィーを供養してやろうかと思ったが、それはやめにしておいた。

宗教が異なる相手に、そんなことをしても始まらない。それにいまさらゾフィーを憐（あわ）れんでやる必要などさらさらないのだ。

ともあれ、洋箪笥を運び出したあとの納戸には、清々（すがすが）しさが舞い戻ったような気がした。それまでの淀（よど）みが晴れわたり、中に吊り下げている私の衣類やバッグまでが、新鮮な空気を帯びたようでもあった。

これでやっと、あの、しつこくつきまとう女の幽霊を追い払うことができた、と私はほっとした。せいせいした。

だが、本当に私はあの時、ほっとしたのだろうか。ほっとした、せいせいした、と思い込みたかっただけなのではないか。

死者というものは、たとえ始末したつもりになっていても、好きな時に好きな場所に現れることができる。ゾフィーが夫のにおいにくるまれながら潜んでいた洋簞笥を処分したからといって、ゾフィーの霊は、再び三たび、この家に舞い戻ってくることができるのだ。どんな形にせよ、いずれ必ず戻ってくる……そういうことが、私にはわかっていたのではないだろうか。

義母が、可愛がっているポメラニアンのトトを連れて訪ねて来たのは、それから十日ほど後のことだった。

様子伺いの電話は何度かもらっていたし、義母のほうから、「うちに遊びにいらっしゃい」とか「あなたの顔が見たいから、そっちに行きたい」などと誘ってくることも度々だった。だが、私はそのつど、丁重に断っていた。

会えば亡き夫の話が出るに違いなく、まだ、そうした話をたとえ相手が義母とはいえ、お茶など飲みながら世間話と共に交わせる心境ではなかった。

だが、あの洋簞笥を処分して以来、私の気分は自分でも驚くほど上向きになっていた。トトを連れて遊びに行く、と義母から電話を受けた時、私は素直に「ぜひ」と答えていた。「私もお義母(かあ)さんにお会いしたいと思ってました」と。

まだ梅雨に入る時期ではなかったが、今にも雨が降り出しそうな鬱陶しい日だった。

義母はトトを犬用のキャリーバッグに入れ、バスに乗ってやって来た。犬が重たいから、ろくなおみやげも買えなくて、と言いつつ、義母は、駅の中にある有名和菓子店の水羊羹（みずようかん）と、ゆうべたくさん作ったという、ひじきの五目煮を持って来た。

ひじきの五目煮は、私の母の得意料理でもあった。懐かしかった。夫の死以来、私は実家の両親すら遠ざけていた。こっちに戻って来てもいいのよ、と言われて、ついその気になりそうなのが怖かった。私は短い結婚生活を送ったこの家から、離れるつもりはなかった。

だが、ひじきの五目煮の香りをかいで、近々、母に電話しなければ、と思った。どれだけ心配していることだろう。とりあえずなんとかやっている、と教えてやらなければ。

久しぶりに家の中に人の声がし、犬があちこち歩きまわる陽気な足音が響き、時折、そこに笑い声さえ混ざって、私は何ヵ月ぶりかで、少し気持ちが浮き立ってくるのを感じた。こんなに楽しい気分になれるのなら、もっと早く義母や他の人を家に招くのだった、と後悔した。

義母が、寝室の夫の遺影の前で線香を手向けている間、早速、台所でお茶の用意を始めた。渡されたばかりの和菓子の箱を開け、まだ冷たいままの水羊羹を小皿に移した。

以前、暮らしていた家だということをすぐに思い出したのだろう。トトがはしゃぎまわって、私のところに走って来た。鮮やかなピンク色の舌を出しつつ、陽気に笑っているような顔をして私の足に飛びついてきたので、私は声に出して笑った。

外界が戻ってきたような感覚があった。犬の前足は柔らかく、軽く、優しく、温かだった。

居間として使っている和室には絨毯を敷き、テーブルと椅子を置いていた。テーブルにお茶と水羊羹を並べ、私は義母と差し向かいに座った。

まあ、ほんとに、と義母はしみじみ言った。月日のたつのは早いわね。でも、時間がたつのはありがたくもあるわ、日にち薬、とはよく言ったものよ。もうすぐ梅雨で、それが終わると夏。少しずつ少しずつ、いろんなことが落ち着いていくんでしょうね。そうなってほしいわね。

そうですね、と私は心からうなずいた。

死んだ夫の話は互いにしなかった。義母は犬のトトが、散歩中に大きなラブラドール犬に勇敢にも吠えかかっていった時のことや、マンションの下の階に空き巣が入ったこと、週に二度通っているヨガ教室で知り合った同世代の仲間たちのことなどを中心に話し、私は私で、なんとか懸命に生きている、ということを証明できるような、他愛もないが、安心してもらえるような世間話だけを選んで、話し続けた。

あなたも犬をお飼いなさいよ、と義母が言った。癒されるわよ。賑やかな子どもができたみたいな感じがするし。それに、毎日、お散歩に行くことになるから、健康にもいいの。

いいですね、と私は微笑しながら言った。

子どもはできなかった。互いに若いわけではなかったが、まだまだ作ることはできた。私にも夫にも問題はなかったというのに、恵まれないまま先に死なれたこともまた、私の中に暗い影を落としていた。

そのことを義母から暗に指摘されたような気がした。私は気づかなかったふりをした。

話がはずんでいたわけではない。だが、義母はさも居心地がよさそうにしていた。私は買い置いていたあられを出したり、お茶をいれ直したり、冷蔵庫にひとつだけ残っていた桃をむいたりした。

ふと、ゾフィーの話を打ち明けてしまいそうになったが、喉まで出かかった言葉を飲み込んだ。大学の理学部で教授をしていた夫、理科系の研究職で優秀な仕事ぶりを見せる息子をもっていた義母が、そんな幽霊話をたやすく信じてくれるとは思えなかった。

軒先にぱらぱらと音がした。雨が降り出していた。

義母は「あらら」と言った。帰りが大変。片手で傘さして、もう片方の手でトトのバッグを持って、バスに乗らなくちゃ。

バス停までお送りしますから、と私は言った。義母は、そう？　と言った。そうしてもらえると助かるわ。

少し蒸し暑かったので、開けておいた窓の向こうから、庭の湿った土のにおいが漂ってきた。トト、トト、と義母が犬の名を呼んだ。変ね、どこ行っちゃったのかしら。そういえば、トトの姿が見えなくなっていた。トト、と私も呼んだ。

廊下の向こうから、勢いこんでこちらに走ってくる犬の足音が聞こえた。

あらやだ、トトったら、と義母が言い、肩を揺すって楽しそうに笑った。そんなもの、どこから拾ってきたの？

座敷に駆けこんできたトトは、飼い主に手柄を見せようとするかのように、口にくわえていたものを左右に揺すった。ぐるる、と犬の喉が鳴った。ひどく興奮していた。

犬がくわえているものを見て、私は言葉を失った。

義母が、なあに、これ、と言いつつ、犬の口から白いものを無理やり引っ張りだそうとした。犬は少し抵抗したが、やがておとなしく、されるままになった。

あなたの手袋よ、右手の。義母がそう言った。

ごめんなさいね。ほんとにトトったら、もうじき九つになるっていうのに、まだまだやんちゃで。あなた、納戸の戸、開けっぱなしにしてたんじゃない？　時々、この子、こういうこと、やらかすのよ。うっかり閉め忘れてた箪笥の引き出しなんかに鼻づらを突っ込んで、何か気にいったものをくわえて、おもちゃにしちゃうの。ほんと、困った子ねえ。ね？　トトちゃん。

私は無表情のまま、首を横に振った。それ、私のじゃないんです、それに箪笥も処分したんです、処分したあと、何回も掃除機をかけたんです、だから手袋が片方、納戸に落ちてるなんてことも、あり得ないんです。

……そう言いたかったが、言えなかった。

以来、特には何も起こらないまま、時が流れた。

家のどこかでゾフィーらしきものを見かけたり、感じたりすることはなくなった。納戸に入り、ハンガーに吊り下げた自分の服を取り出す時は、いつもびくびくしていたが、異様な気配を感じることはなかった。

夫に手向けた線香が、風もないのに宙で烈しく渦をまいたり、外出先から戻った時に、家中に線香のにおいが漂っている、ということもなくなった。時がたつにつれ、薄紙をはがすようにではあったものの、私の中の怯えと不安、恐怖心は次第に和らいでいった。

あの日、トトがくわえてきた白い手袋は、触れるのはいやだったが、そのままにしておくのはもっといやだったので、義母の見ていないところでビニール袋に押し込み、新聞紙で包み、さらに小さい茶色の紙袋に入れて、買い物に行く時にいつも背負っているリュックの中にしのばせた。

駅前行きのバス停のすぐそばには、ゴミ集積場があった。近隣の住民たちのための集積場で、カラスや野良猫に荒らされないよう、常に緑色のネットがかけられていたが、小さなものなら、何くわぬ顔をしてネットの下に放り込んでおけそうだった。

トトを入れているキャリーバッグを肩に下げた義母が濡れないよう、傘をさしかけてやりながら、私はバス停まで見送りに行った。そして、義母を乗せたバスが遠ざかっていくのを見届けた瞬間、大急ぎでリュックから紙袋を取り出し、誰も見ていないことを確かめて、ゴミ集積場のネットをめくるなり奥に放り込んだ。

集積場にはその時、ゴミは何もなかった。私が投げ入れた茶色の紙袋だけが目立つ形になったが、致し方なかった。燃やせるゴミ、燃やせないゴミ、プラスチック類……などと分別の仕方、ゴミ出しの曜日が明記された札も下がっていたが、そんなことを確かめて、その通りにしようという気もなかった。

そして家に戻る道すがら、私は心に決めたのだ。負けたくない、と。何があっても、ゾフィーに勝たねばならない、勝ってやる、と。

心身ともにあんなに虚弱な、人生を生き抜いていくことが不可能なほど弱々しかった女が、死んでもなお、私の夫、城之内明に執着しているだけの話だった。しかも彼女は、夫から一度も女として愛されたことがなかったのだ。憐れんではもらえていたかもしれないが、一人の大人の女として恋しく思われたことなど、なかったのだ。愛されたい、という願いだけが肥大化し、死後も残され、私の夫にひたすらすがりつこうとしているだけの愚かな死者。そんな死者の亡霊に怯え、負けているわけにはいかなかった。

そう考えると、にわかに力がわいてくるような気がした。家の中にゾフィーの気配が感じられなくなったのも、それどころか、すっかり消えてしまったように思えるのも、生きている私自身の力、生命力のようなものが、愚かな亡霊に打ち勝ち、功を奏したからかもしれない。そう信じていた。

庭で鳴く虫の声が聞こえている。開け放したままの窓から、晩夏の涼しい風が入ってくる。

いつのまにか、居間のテレビをつけっ放しにしたまま、寝入ってしまったらしい。畳の部屋の絨毯の上にクッションを置き、そこに頭をのせて眠っていた私は、ひどく恐ろしい夢を見てはね起きた。

首筋と背中のあたりが冷や汗で濡れていた。心拍数が速まっていて、胸が苦しかった。

テレビ画面には、深夜のテレビショッピングの番組が流れていた。時刻は一時をまわっていた。

夢の中にゾフィーが現れた。彼女は暗い顔をして、寝室の、夫の遺影の前に横座りしていた。長い間、そうやっていたが、やがて彼女は、手にはめていた白い手袋をすうっと音もなく脱ぐと、丁寧に畳んでから夫の遺影の前に置いた。そして、文楽の人形のように静かにぐるりと首をまわし、私のほうを向いた。白い蠟のような顔の、青黒くくぼんだ眼窩（がんか）が不気味だった。私は悲鳴をあげた。

自分の悲鳴で目がさめたのだが、実際に声をあげていたかどうかはわからなかった。口の中はからからだった。

震える手でリモコンを探し出し、私はひと思いにテレビの音量をあげた。画面には、粒ダイヤつきのネックレスが大写しになっていた。出演者たちの話し声、笑い声が大きくなった。

テーブルの上には、飲みかけのお茶がそのまま載っていた。冷めきってしまっているそれを私はごくごくと飲みほした。

両手で顔を覆った。深呼吸を繰り返した。落ち着いて、落ち着いて、と自分に言いきかせた。

ただの夢である。しばらくぶりにゾフィーが現れたとはいえ、あくまでも夢の中のことに過ぎない。現実に起こったことではない。

疲れていた覚えもないのに、なぜ、こんなにぐっすり眠ってしまったのか。やはり、夫を突然失って、初めて迎えた夏の疲れが出ているのか。

私はよろよろと立ち上がり、部屋の窓を閉めた。カーテンを引いた。庭の虫の鳴き声が遠ざかった。

テレビを消してしまうのはいやだったが、ただの夢だったのだから、と再び自分に言いきかせ、思い切って電源を切った。あたりはふいに静寂に包まれた。

洗面室に行き、歯を磨き、顔を洗った。化粧水をつけ、ナイトクリームを塗った。鏡に向かうのはどことはなしに怖かったが、映っているのは私だけで、他に何も怪しいものは見えなかった。

少し気分が落ち着いた。夢だったのだから。ただの夢だったのだから。幾度もそう繰り返しながら、寝室に向かった。

ドアを開け、明かりを灯（とも）した。サイドテーブルのライトのスイッチも入れた。室内は煌々（こうこう）と明るくなった。ほっとする明るさだった。

ベッドの夏掛け布団をめくった。その時だった。

夫の遺影と位牌を置いてある台の上のものが、目に飛びこんできた。私の心臓は凍りついた。膝ががくがくと震え出した。背中に水を浴びたようになった。

それは二つに畳まれた白い、片方だけの手袋だった。おそらくは左手の……。

学校は死の匂い

澤村伊智

1

市立三ツ角小学校の正面玄関。四年生の靴箱の隣、傘立ての上。

壁に巨大なパネル写真が架かっている。九年前、一九八六年の運動会の、組体操を撮ったものだ。写っているのは当時の六年生。

四段のピラミッドを組んだ十人の男子児童が、歪んだ顔をこちらに向けている。右奥には女子のピラミッド。これも四段。日に照らされた体操着は白く、焼けた肌は黒々としている。遠くの旗に「一致団結」と書かれているのが辛うじて分かる。

深夜になると、この写真から保護者の歓声、そして児童の呻き声がするらしい。

そんな噂の真偽を確かめるため、わたしは夜の十一時に学校に忍び込んだ。玄関の鍵はかかっていたけれど、乱暴に揺するとあっさり開いた。

暗闇に浮かぶ写真を眺めながら、わたしは待った。噂されている現象は起こらず、〝本物〟特有の気配は一向に漂ってこない。

大先輩たちの勇姿を見つめる。激しい苦痛、長時間の忍耐と引き換えに、十秒間かそこらの拍手と一瞬の達成感が得られる素晴らしい見世物。わたしも二学期になれば練習させられ、先生がたに怒鳴りつけられ生傷だらけになって、本番では全校生徒と保護者の皆様の前で、こんな顔を晒さなければならない。そう思うと憂鬱になった。身長一六〇センチの自分は間違いなく一番下の段だろう。考えるだけで息が詰まる。うんざりする。欠伸が出る。

(美晴ちゃん、美晴ちゃん!)

彼方からの呼び声に気付いて目を開くと、ぽっちゃりした童顔の女性が涙目でわたしを見下ろしていた。両手でわたしの肩を揺すっている。

教育実習生の佐伯麻子だった。先週木曜からわたしのクラス、六年二組に来ている。

「どうしたの美晴ちゃん! 何かあったの?」

周囲は明るくなっていた。床はひんやりと冷たく、小石が腕の肌に刺さっている。いつの間にか眠っていたらしい。

「……おはようございます」

気まずさに苦笑いを浮かべながら挨拶すると、佐伯は「よかったあ」とわたしを強く抱きしめた。

三十分後。職員室の隅でわたしは先生がたからお叱りを受けていた。「学校の怪談に興味があったから」と事情を説明したせいだ。

「親御さんも心配するだろ、物騒な事件があったばっかりなんだし」

担任の天野は地蔵のような顔に苦笑いを浮かべて言った。

地下鉄で毒ガスが撒かれて大勢が死傷したのが三ヶ月前、実行した新興宗教の教祖が逮捕されたのは先月のことだ。両親がわたしの心配をするとは思えない。でも世の中が不安に覆われているのは事実で、佐伯の慌てようも決して大袈裟とは言えない。

わたしは大人しく「すみません」と十数回目のお詫びを口にした。

校長も教頭も他の先生がたも、言うことがなくなったらしく黙っていた。間もなく終わる。そう推測した直後、教頭が口を開いた。

「お姉さんはあんなにちゃんとしてるのに――」

「姉の話は止めてください」

考える前に口にしていた。二つ上の姉と比較されるのだけは耐え難かった。

馬鹿だ迂闊だと後悔しても後の祭りで、今度は反抗的な態度についてくどくどとお説教された。先生がたの話を聞いている振りをしながら、わたしは考えていた。

心霊めいた学校の噂――いわゆる学校の怪談はつまらない。

どれもこれも完全な作り話だ。〝本物〟に会えたりはしないのだ。

「今回も残念だったね」

古市俊介(ふるいちしゅんすけ)は真顔で答えた。数少ない友達だ。わたしが見えたり聞こえたり感じたりすることにも、それなりに理解を示してくれている。「他人の主観を否定することは誰にもできない」というのがその理由で、霊感や霊の存在を信じているわけではないという。不満はなくもないけれど論理的ではあるし、わたしと普通に話してくれるのもありがたい。変人扱いして遠ざかる他のみんなとは違う。「同じ霊感体質だから」と妙に馴(な)れ馴れしくしてくる子とも、同じ理由で突っかかってくる子とも違う。

昼休みの教室。わたしは窓際の、古市の机に腰かけていた。彼は姿勢よく椅子に座って眼鏡を拭(ふ)いている。裸眼の彼は普段より幼く見えた。

廊下側の一番後ろ、佐伯の席の周りには今日も人だかりができていた。早々に人気者になっている。明るく元気で少しばかり幼く、同時に貫禄(かんろく)もある彼女がみんなに慕われるのは当然といえば当然だ。

「あっ佐伯先生、ここ寝癖が残ってるよ」

「ええっ本当？　やだあ」

男子の指摘に赤面し、髪を押さえる彼女。昼休みになって何度目かの爆笑が上がる。

外は雨だった。校庭には大きな水溜(みずたま)りがいくつもできていて、薄い霧さえ立ち込めている。置き傘があってよかったと僅(わず)かに安堵(あんど)しながら、わたしは落胆の溜息(ためいき)を吐いた。

「これで三戦三敗。全滅だよ。開かずの教室はただ汚いだけだし、屋上にも何もない」

「噂だと、飛び降りた女子が立ってるんだっけ？」

「そ。今が一番幸せだからって夢見がちな理由で。どうせ作り話なんだろうなあ。後はマンガか何かから引っ張ってきたっぽい怪談しか残ってない。夜中の十二時に女子トイレの鏡がどうとか、音楽室のベートーベンの肖像画がどうとか」

「検証するだけ無駄だろうね」

古市は眼鏡をかけなおした。

「今更だけどさ比嘉さん。そんなに調べてどうするの」

「興味本位」

わたしは答えた。彼はふむ、と顎を撫でて、

「見えました、聞こえました、〝本物〟でした。そしたら次は？」

「霊が困ってるなら助ける」

「それ以外だったら？　例えば恨み辛みでこの世に止まっているなら」

「説得する」

「悪意があったら？　それも説得？」

「やっつけようかな」

わたしは半笑いになっていた。

古市はぽかんとした顔でわたしを見上げていたが、やがて小さく笑って、

「比嘉さんは怖くないんだね」

「何が？」

「霊とかそういうの」

「全然。興味が勝ってるからかな」

「へえ」彼は細い目を見開いて、「僕だったら夜の校舎に入るのも無理だよ」と言った。

「何で？　ただ暗いだけだよ」

わたしは率直に言う。怖がる人がいるのは分かるし変だとも思わないけれど、自分は何とも思わない。昼だろうと夜だろうと校舎はただの建物だ。

「古市だって昼間は平気でしょ、それと一緒」

「いや」と彼はかぶりを振った。

「暗くなくても学校は怖い場所だよ」

「何で？」

「死の匂いがするから」

不意に詩的な言葉が飛び出して、わたしは面食らった。意味が摑めない。古市の顔はさっきまでと同じで冗談だとも思えない。

学校が怖いとはどういうことだ。死の匂いとは何だ。

「何言ってんの」わたしは再び半笑いになって、「学校なんか全然……」

廊下が慌ただしくなった。そう思ったらすぐ泣き声が聞こえた。

クラスの仲良し女子コンビ、白河と小野が、前のドアから教室に転がり込んできた。白河は四角い顔を真っ赤にして泣いている。小野は赤ん坊をあやすように彼女に声をかけている。「もう大丈夫だよ」「怖かったねえ」「よく頑張ったね」

一昨年だったか、日本脳炎の予防注射の日も全く同じ光景を見た記憶があった。凄惨な反核映画を体育館で観た時も、大きな蛾が教室に迷い込んできた時も。ぶりっ子という呼称は彼女にこそ相応しい。今回は蜂にでも追いかけられたのか、それとも花壇のパンジーでも枯れたのか。

集まる女子たちに小野が何やら説明していた。耳を澄ましてもよく聞こえない。駆け寄った佐伯が声をかけたが、白河は激しく首を振った。

「ううっ、み、美晴ちゃんっ」

白河が唐突にわたしを呼んだ。下の名前で呼ぶほど仲良くないだろう、と軽い苛立ちを覚える。みんなが一斉にこちらに注目する。

「……なに？」

「た、助けて。怖いの。もう歩けない。立てない」

「何で？」

「いいから」と小野が怒ったような顔で言う。白河主演の悲劇にわたしも出演させられるらしい。

「美晴ちゃん」

佐伯が神妙な顔で呼んだ。「よく分からないけど、こういう時はクラスで助け合おうよ。ね？」と綺麗事を口にする。

「適当に合わせてれば済むよ」

古市が目を合わさずに囁いた。

机から下りると、わたしは大股で彼女たちのもとに向かった。

給食台のすぐ手前、蹲った白河の前にしゃがみ込む。彼女はボロボロと涙を零している。鬼瓦みたいな形相をぼんやり眺めて次の展開を待っていると、

「ゆ……幽霊がね、いたの」

「へ？」予想外の言葉にわたしは間抜けな声を上げてしまう。

「体育館で遊んでたらね、後ろから、う、う」

何を言っているのか分からない。視線で小野に助けを求めると、彼女が口を開いた。

「知らない？　雨の日にだけ体育館に出るって。わたしは別に信じてないけど……確かに声がしたような気がする」

「声？」

「そう」小野がうなずいた。「何かブツブツ言ってるみたいな。誰かの名前を呼んでたっぽい。他に誰もいなかったのに」

赤い顔の白河とは対照的に、小野の顔は蒼白だった。

「……声くらいならするんじゃないの」

わたしは冷静に答えた。「多分すぐ外で誰かが喋ってて、隙間から――」

「違う。最初はそう思ったけど絶対違う」

小野が切羽詰った様子で反論する。

「足音もしたの。声のすぐ近くでキュッキュッて。意味分かるよね？」

体育館の床板に靴が擦れる音だ。つまり外からの音では有り得ない。わたしはうなずいて返す。

「で、足音と声が遠ざかって、消えたと思ったら……凄い音がした」

小野はぶるりと全身を震わせた。演技には見えない。白河に話を合わせているわけではないらしい。わたしはつい真剣になっていた。

「凄い音ってどんな――」

「落ちてきたのっ」

白河が駄々を捏ねるような口調で言った。

「人が落ちてきたみたいな音がしたのっ、潰れたみたいな音、だから助けてよ。美晴ちゃんこういうの詳しいんでしょ。見えるんでしょ。除霊とかお祓いとかお清めとかしてよっ」

両手で顔を覆って泣き喚く。彼女の唾が頬にかかったが、げんなりしたのは数秒だけだった。

雨の日にだけ、体育館に幽霊が出る――

聞いたことがある気もする。地味だと思って斬り捨てて、そのまま忘れていたのか。白河の騒ぎようは芝居がかっていて嘘臭い。でも小野も同じ声と音を聞いたらしい。二人の人間が、同時に不可解な体験をしたわけだ。音声だけというのも真実味がある。今度こそ〝本物〟か。

「除霊」と小野が囁いた。こんな時だけ頼りにするなんて虫のいい話だと思ったけれど、突っぱねると余計に面倒なことになるのは目に見えている。

わたしは二人とその周りをよく見てから、

「何もいないよ。気になるなら塩でも撒いたら。給食のオバちゃんに言えば貰える」

と正直に言った。彼女たちからは何も感じない。何も見えない。だから取り憑かれたりはしていない。小野の顔に緊張が走る。

しまった、と思った時にはもう遅かった。白河は赤ん坊のように大声で泣き、「ひどいよお、助けてよお」とわたしに縋り付いた。涙と鼻水と生温かい頬が耳に触れる。全身に悪寒が走るのを感じながら、わたしは「ごめんね、悪かったね」と思ってもいないことを口にしていた。

佐伯が不安そうに「出るの？　雨の日に？」と周囲に訊いていた。

2

「気にしないように」

チャイムが鳴るのと同時にやってきた天野は、ことの次第を聞くなりそう言った。

「気温や湿度が急に変化すると、建物が音を立てることはよくある。床板が縮むか何かして軋んだんじゃないかな」

「でも」席に着いた小野が食い下がると、

「建物の音ってのは不思議なものでね」

天野は話し始めた。例えばマンションの七〇二号室の音が、三〇八号室で聞こえることもある。壁の向こうから呻き声がするので調べたら、古い水道管を水が流れる音だった。とあるお寺ではこんなことが、海外のオペラハウスではあんなことが――

話自体は興味深かった。クラスのみんなも次第に聞き入って、終盤は感心する声さえ上がっていた。佐伯だけが表情を硬くしている。どうやら怖い話が苦手らしい。

わたしは違和感を覚えていた。

天野の話は仕上がっている。堂に入っている。そんな風に聞こえた。これまで何度となく同じ話をしてきたのではないか。話す機会があったのではないか。

つまり――

雨の日の体育館で、声や音を聞いた児童が過去何人もいたのではないか。

淀みなく語る天野を見ているうちに、疑念はますます膨らんだ。

放課後になってわたしはすぐ体育館に向かった。

鍵はかかっていなかったが誰もいなかった。がらんとした体育館の中央に立って耳を澄ます。

ごおお、とはるか上から聞こえるのは雨粒が屋根を叩く音だ。びしゃびしゃと壁の向こうから聞こえるのは、流れ落ちた雨水がコンクリートを打つ音。それ以外はなにも聞こえない。あちこちに目を凝らしてもそれらしき姿は見えない。

舞台。上がったままの緞帳。キャットウォーク。バスケットゴール。倉庫の扉。消火栓。床に貼られた赤、青、白、黄色のラインテープ。舞台の左の壁には校歌が書かれた大きなパネル。右の壁、鳩が四葉のクローバーを咥えたモザイクは大昔の卒業制作だ。

放送室の窓は光が反射していて、中は見えなかった。

五分経ったのを壁の時計で確認して、わたしは舌打ちした。

幽霊がいたとしても、そう都合よく会えるとは限らない。当たり前のことなのに苛立たしい。

体育倉庫の籠からバスケットボールを取り出し、ドリブルしながら舞台に向かって歩いていると、

「やっぱりここだったね」

背後から男子の声が響いた。

古市だった。正面の扉からこちらに歩いてくる。二つ結びでゲジゲジ眉の、小さな女子を連れている。女子は不敵な薄笑いを浮かべていた。

胸元の黄色い名札には「二年一組　ひが　まこと」の文字。

四つ下の妹、真琴だった。

「傘が壊れたんだって」と古市。

「友達に入れてもらえ」わたしは真琴を睨み付けた。「サクラさんとかミユちゃんとかいるだろ、シンゴくんでもいい」

「家、逆だもん」真琴は手を差し出すと、

「帰らないならミハルの傘貸して」

「は？　わたしは濡れて帰れって？」

　真琴は無言で傍らの古市を見上げた。目が合った彼はあからさまに狼狽したが、表情はどこか照れ臭そうで嬉しそうだった。

「馬鹿じゃないの」

　わたしは一番近くのゴールめがけてボールを放り投げた。白いボードに当たって跳ね返り、狙ったように手元に戻ってくる。

「ねえミハル」

「一人で帰れ。走れば濡れない」

「濡れるよ。走っても歩いてもおんなじ。知らないの？」

「うっさいな」

　わたしは真琴にボールを投げるふりをした。

　怯んだのは古市だった。手で眼鏡を守っている。一方で真琴は平然としていた。それどころか口笛を吹くような顔さえしてみせる。

　腹が立っていた。外できょうだいと顔を合わせるのは嫌だ。調子が狂う。それに真琴は人前だと家の何倍も生意気だ。こっちが本気で怒れない、手を出せないと高を括っているのだ。呼び捨てなのはいつものことだが、それさえ今は気に障る。

「貸してあげたらいいんじゃないかな。何だったら僕が貸してもいいよ」

古市が頭を掻きながら言った。真琴がにんまりする。

今度は本当にぶつけてやろうか。最初は真琴に、次は古市に。

訳知り顔の妹はもちろん、妙な態度を取る友達にも苛立ちが募る。

そうだ。わたしと古市はただの友達だ。友達で充分だ。

それ以上を望んではいけない。

ボールを摑む両手に力を込めた、その時。

ごん、と背後で音がした。

硬いものが床を打ち鳴らしたような音だった。咄嗟に振り返る。

「……どうしたの」

古市の声がしたが、わたしは答えなかった。答えるどころではなかった。

体育館の中央に、白い何かが転がっていた。

人だ。白い人影が仰向けに横たわっている。

向かって左側にあるのは頭、右側は投げ出した足。全身はぼんやりして床板とラインテープが透けている。細部は曖昧で顔も服装も分からないけれど、輪郭は確実に人間だった。でも人間ではない。気配がまるで違う。辺りの空気が変わっている。

これは〝本物〟だ。

どくどくと心臓が早鐘を打っていた。

「ミハル」

真琴に呼ばれたがこれも無視する。影に歩み寄っていいものか思案して留(とど)まることを選ぶ。

白い影がぎこちなく立ち上がった。

両手を耳の辺りに当てていた。

女の子だ。それも小柄で痩(や)せている。真琴と同じ二つ結び。顔はぼやけているが目鼻の位置はかろうじて分かる。服装ははっきりしない。ただ全体的に白い。

「誰……？」

また真琴の声がする。一瞬遅れて彼女にも見えているのだと気付く。知るかと答えようとすると、かすかな声が耳に、いや――心に届いた。

〈……ごめんね……〉

懇願するような、泣きべそをかいているような、女の子の声だった。

白い女子の口元が動いていた。

〈……イシダさんごめん、キノシタさんごめん、エゾエさん、コバヤシさん、コモダさん、モリさんヤエガシさんミツヤさんネギシさん……〉

名前らしき言葉、詫(わ)びの文句。

白河たちが聞いたのはこれだ。

この子の声を聞いていたのだ。

〈ごめん、ね……あ、あし……〉

声が途絶える。あし――足とはなんだ。そう思った直後。

白い女子が歩き出した。キュッと床が鳴る。耳を塞(ふさ)いだ姿勢のまま舞台の方に向かう。囁(ささや)き声は続いている。

「今の、ひょっとして」

古市の声。足音は聞こえたらしい。

「そう」わたしは最小限の言葉で答えた。

女子はとぼとぼと歩いている。わたしたちに背中を向け、時折床を鳴らして。向かう先にはドアがあった。前方右手の壁にある、小豆(あずき)色のドアだ。中にはちょっとしたスペースと、緞帳を上げ下げするボタンと、舞台に上がる階段と――

タンッ、と足元で音がしてわたしは跳び退(すさ)った。無意識に取り落としたボールが、てんてんと床を転がる。

「あっ」

真琴が小さく叫んだ。顔を上げると白い女子は見えなくなっていた。見回してもどこにもいない。

「どうなった？」わたしは振り返って訊(たず)ねる。真琴は全身を縮めていた。先ほどまでの舐めた表情は完全に消え失せている。

「……き、消えた。ドアの前で薄くなって」

「え、そうなの？」

古市が眼鏡の奥で目を丸くする。「何かいたの？　足音が聞こえたけど」

古市には〝聞こえる〟だけらしい。けれど聞こえる範囲に個人差がある。古市は足音だけ、白河たち二人は足音と声。

固まった足を意識的に動かし、わたしは一直線にドアに向かった。この向こうにいるのかもしれない。そう思うと緊張が走る。ぞくぞくと背中の毛が逆立つ。

ドアまであと五メートル。四メートル。三メートル。

視界の右上の方でちらりと何かが動いて、無意識にそちらを向いた。途端に足が止まる。

白い女子がキャットウォークを歩いていた。

さっきまでと同じく両手を耳に当てている。

「今度はそっち？」

古市が戸惑いながら訊いた。

キャットウォークのちょうど真ん中で、女子は立ち止まった。平らな胸を手すりに押し付け、肘の間から床を見下ろす。

ぼやけた顔が見えた。

顔には表情が浮かんでいた。苦悶(くもん)、悲しみ、後悔、嫌悪。どれにも当てはまるようで、どれでもない、でも負の気持ちを表していることは分かる顔。

　まさか。

　思った次の瞬間、女子はキャットウォークの床を蹴(け)った。するりと手すりを乗り越える。そのまま三メートル近くの高さから落下する。

「だめ！」

　真琴が叫んだ。わたしは思わず目を閉じていた。

「ごつん」と「ぐしゃ」が混じったような音が、胸に直接響いた。最初に聞こえた音よりも大きくて生々しくて厭(いや)な音。

　考えたくない光景が瞼(まぶた)の裏に広がった。

　床に倒れた白い女子。その首は変な向きに曲がっている。両手両足を出鱈目(でたらめ)に伸ばしている。割れた頭から真っ赤な血が流れ出て、音もなく床に広がっていく。

　その場にしゃがんでいる自分に気付いた。

　上履きの先端、赤いゴムのコーティングが視界の中央にある。血は見えない。床を伝ってこちらに迫ってきたりはしていない。

　おそるおそる顔を上げると、女子の姿はどこにもなかった。

真琴は顔を覆って蹲っていた。指の間から啜り泣きが漏れる。その傍らでは古市が真っ青な顔で尻餅を搗いている。

空気が元に戻っていた。外の雨音が耳に届く。

「……落ちたの？」

古市は唇まで青くしていた。うなずいて返すと、

「どうするの？　見えたし、聞けたんだよね」

「そうだけど……」

ゆっくり立ち上がって体育館を見回す。

終わった、と考えていいのだろう。白い女子はどこかに消えてしまった。またすぐ現れることはない。そんな気がする。というより確信できる。

今度こそ本物に会えた。

でも少しも嬉しくなかった。何一つ満たされていない。

頭がせわしなく考えている。あの子は何者なのか。どうしてあんな真似をしたのか。囁いた名前の数々は。〝足〟とは。あの姿勢の意味するところは。

一方で心は痛みを訴えていた。

苦しい。油断すると涙が出そうになるほどだ。どうしてこんな気持ちになっているのか分からないまま、わたしは胸を押さえてその場に立ち竦んだ。

古市が真琴に「大丈夫？」と声をかけていた。

3

深夜の真っ暗な和室。隣の布団で真琴が寝ている。他の弟妹たちの寝息も聞こえる。わたしは眠れず天井を見上げている。

姉の布団は空だった。引き戸の隙間から光が漏れているということは、居間で勉強でもしているのだろう。遅くまでご苦労なことだと心の隅で嫌みを言う。

白い女子を最初に目撃してから一週間が経っていた。

雨が降ったのはそのうち二日。いずれも放課後になって体育館に行ってみたところ、計ったように彼女は現れた。姿形、声、音、そして行動。何から何まで同じだった。

思い切って声をかけてみたけれど、白い女子はまるで反応しなかった。

床に叩きつけられる瞬間は二度とも目を背けてしまった。厭な音がした後、床板とラインテープを見つめながら、わたしは胸の苦しみに耐えた。

古市に詳しく説明すると「だったら、これでお終いって気分にはならないだろうね」と、こちらの意向を伝える前に納得された。話が早くて助かる。

二人で最初に質問した相手は、白河と小野だった。

彼女たちが耳にしたのは、順に「囁き声」「足音」そして「床に叩きつけられる音」。一方でわたしは「囁き声」の前、白い女子が見える更に前に、別の音を聞いている。「ごん」という音だ。

体験に齟齬がある。彼女たちに最初の音は聞こえなかったのだろうか。

「わかんない」

白河のそっけない態度は想定済みだった。先週上演の悲劇はとっくに終幕したのだろう。小野は意外にも真面目に答えてくれた。

「わたしたち縄跳びで遊んでたからね」

健康的だね、と皮肉を言いかけて止める。

「そしたら白河ちゃんが急に止まって、何か聞こえるとか言い出したの。そっから」

つまり足音や縄の音のせいで、聞き逃した可能性があるわけだ。これは齟齬とは言わない。ただ状況が違うだけだ。

古市は興味深げにメモを取っていた。

真琴が寝返りを打ち、聞き取れない寝言を繰り返している。

白い女子を見た直後は酷く落ち込んでいたが、家に帰った頃にはケロリとしていた。子供はそんなものだろう。あれから何度か問い質してみたが、彼女が見聞きしたものはわたしとほとんど同じらしい。最初の音も確かに耳にしたという。

（……ごめんね……）

囁き声が頭の中で繰り返されていた。何を詫びているのか。キャットウォークから見下ろす不鮮明な顔を思い出す。何故飛び降りるのか。そもそもあの子は誰なのか。なぜ雨の日にだけ現れるのか。気になる。だから眠いのに眠れない。困った。欠伸が出る。

目が覚めたら午前九時を回っていた。

腹が立つほど清々しい朝の光が和室を照らしていた。

完全に遅刻だ。真琴に一度起こされた記憶があるが二度寝してしまったらしい。

わたしは唸りながら布団から起き上がった。

朝食を摂っている間、両親の部屋からは弟妹たちの楽しげな声が漏れ聞こえていた。そこに被さる太い鼾は母親のものだ。騒がしくても起きる気配はない。ビルの深夜清掃の仕事は大変なのだろう。

父親が帰ってきた様子はなかった。

着替えを済ませ、両親の部屋で弟妹たちのおむつを換え、母親が目を覚ますのを待って、わたしは家を出た。寝坊した時のいつもの流れだ。話をしないのもいつものことだ。

住宅街を歩いていると、「おっはよー」と後ろから声を掛けられた。

車椅子に乗った若い女性が颯爽とわたしを追い抜く。振り返った顔には人懐っこい笑みが浮かんでいた。

近所に住む松井さんだ。わたしは「おはよう」と挨拶を返した。

「押そうか？」

「お願いしていい？　二日酔いでしんどいの」

「大学生はどうしようもないな」わたしは苦笑して車椅子のハンドルを摑んだ。

わたしに物心がついて挨拶するようになった頃から、松井さんはずっと車椅子だ。小学生の時に事故に遭い、足が動かなくなったという。詳しく聞いたこともある気もするが覚えていない。気にもならない。大事なのは彼女がわたしにとって〝近所の親しいお姉さん〟であることだ。家族より同級生より、ずっと話しやすい。

「時間までに登校しないと駄目だよ」

「してたら今日は押せなかったけど」

「確かに」彼女は前を向いたまま、「今日はなに？　低血圧？」と訊いた。

「そんな感じ」

わたしは適当に答えた。体育館の霊について夜通し考え込んで寝坊した、とはさすがに言えない。こっちの気持ちを知ってか知らでか、松井さんは含み笑いを漏らして、

「まあ、無理してみんなに合わせることないよ」

と言った。

「真琴ちゃんは元気？　最近会ってないから」

「元気」

「また喧嘩（けんか）したんじゃないの？」

「してないよ」

「お姉さんはどう？」

「特に何も」

「どうしたの美晴ちゃん」

松井さんが唐突に訊（き）いた。

「何が？」

「悩み事でもあるんじゃないの？　さっきから上の空っぽいし」

気付かれていたらしい。

「わたしでよければ相談に乗るよ？　足が速くなりたいとか言われてもアドバイスのしようがないけど」

松井さんはけらけらと笑った。こういう冗談を言う人なのは前から知っていて、わたしもすっかり慣れている。というより彼女がこんな性格だからこそ、変に気を遣わず話していられるのかもしれない。

「大したことじゃないよ」

「まったまたあ。大先輩に話してご覧なさいな。口は堅いって定評あるよ」

おどけた口調で言う。そうだ、とわたしは今更になって思い出した。

「松井さんって三ツ角小だっけ」

「そうだよ。生まれてから二十二年ずっとここ」

「例えばだけど、三ツ角小で女子が自殺したって話、聞いたことある？」

自分の問いに自分で納得していた。

白い女子の行動を素直に受け取るなら、自殺――飛び降り自殺に見える。かつての在校生が自殺して、その霊が出没している。そう推測するのは決して変ではないし、OGに聞くのは手っ取り早い。

「あるよ」

松井さんはあっさり答えた。

「わたしが卒業した年の秋だった。年度で言うと〝次の年〟になるのかな。弟か妹のいる子から回ってきたよ――体育館で六年の女子が飛び降り自殺したって。ちょっとだけ騒ぎになったから覚えてる」

大当たりだ。時期を計算すると九年前になる。

はやる気持ちを抑えてわたしは質問を重ねる。

「体育館で飛び降りるってのは……」

「キャットウォークっていうのかな。そこから床に。見回りに来た先生が見つけたんだって。ってことは早朝か放課後ってことになるのかなあ」

「秋って？」

「九月だったような気がする。たしか雨の日」

「ニュースには？」

「なってなかったと思うよ。新聞には全然載ってなくて複雑な気持ちになった記憶があるなあ。新聞的には報道する価値がないんだって」

「その子の名前は分かる？」

　わたしはゆっくり車椅子の速度を落とした。道の端に止めると彼女の前に回り込んで、「変な質問してごめんね。噂というか学校の怪談みたいな話になってて、気になったから」と曖昧（あいまい）な嘘を吐いた。

「あらあ、今はそんなことになってるんだね」

　松井さんはそう言うと、考えこむような仕草をした。

「名前はたしか……垣内（かきうち）さんだったかな。垣内渚（なぎさ）。うん、多分合ってる。クラスに藪内（やぶうち）渚って子がいて、似てるねって話になったのとセットで覚えてる」

「垣内……」

無意識につぶやいていた。あの白くて透けていて顔のはっきりしない女子に名前が付いた。確定とまでは行かないにしても、白い女子が垣内渚の霊である率は高い。

「ああ、そうだそうだ」ポンと松井さんは手を打った。「思い出したよ。初めて話を聞いた時、ちょっと変だなって思ったの。本気で死にたかったら、普通は教室のベランダから飛び降りるんじゃないかって。それか屋上」

もっともな指摘だった。物騒な言い方だけれどすんなり飲み込める。

四年の頃、クラスの馬鹿な男子の間で、キャットウォークからマットも敷かずに飛び降りるのが流行ったことがある。うち一人が捻挫して、先生に怒られて禁止されるまでの約一ヶ月間は、誰も怪我しなかった。「足がビリビリするから楽しい」と馬鹿たちが騒いでいたのを覚えている。しっかり両足で着地すれば、十歳の子供でもそれくらいで済むわけだ。

あの程度の高さでは普通は死ぬことはおろか、怪我することすら難しいのだ。頭からわざわざ、それこそ白い女子みたいに落ちない限りは。

あの場所であんな風にして死ななければならない理由とは。

「雨に濡れたくなかったからとか？」

「うーん」松井さんは腕を組むと、「そこ気にするかなあ。濡れるのが嫌なら日を改めればいい」

「そうだね」

「どうしてもその日死にたいなら別の手を使うんじゃない？　方法なんかいくらでもあるよ。首吊りは座っててもできるし、醤油一升飲んでも死ねる。コンセントに濡れた指を突っ込むのもいい。全部わたしでもできる」

朗らかな口調に反した暗い内容、そして強烈なブラックジョークに、わたしは思わず吹き出してしまう。

「詳しいなあ」

「だって調べたことあるもん」

松井さんはさらりと言った。

今度は反応できなかった。どうして調べたのか。ただの好奇心かもしれない、だから深刻に取る必要はないかもしれない。でも「わたしでもできる」が引っ掛かる。

「……松井さん、今の受け止め切れないいんだけど」

わたしは正直に言った。

「あ、ごめん、重すぎたね」

彼女は申し訳なさそうな顔をして、口の前で手を合わせる。

「今は違うから心配しないで。小学生の頃の、それもほんの短い間の話。やんなくてよかったって思ってる。コージくんもいるし」

彼氏の名前だ。

「それにさ、自殺したら永久に苦しみ続けるって話もあるじゃん。魂とか宗教は信じてないけど、死んだ後のことなんて分かんないのは事実だし、だから止めたの」

「そうなんだ……よかった。安心した」

わたしは笑顔を作った。

駅と小学校との分かれ道まで車椅子を押して歩き、松井さんと別れた。「ありがとうね、助かったよ」と手を振る彼女は、いつもと変わらない、近所の親しいお姉さんの顔をしていた。


「先生」

放課後の教室。教師用のデスクで書き物をしている天野に、わたしは声をかけた。

「どうした？」

にこやかに答える天野。

「真面目な話なんですけど、垣内渚って子、知ってますか」

思い切って訊(たず)ねると、その顔が一気に引き締まった。

教室の後ろで白河たちが話し込んでいる。佐伯は自分の席で男子数人と戯れている。

「ちょっと来てくれるかな」

天野はそう言うと椅子から立ち上がった。

職員室の片隅、間仕切りのある打ち合わせスペースにわたしを案内すると、天野は向かいに座るなり訊いた。

「どうしてその名前を知ったの？」

いつもは穏やかで優しい顔が緊張を帯びている。

「雨の日の体育館の噂、調べてたら分かりました。九年前に自殺した子の名前です」

白い女子のことは出さず、嘘でないことを告げる。

天野はしばらく黙っていたが、やがて観念したように口を開いた。

「知ってるよ。よく知ってる。先生の受け持ちの子だったからね。それも新任の時。六年一組だ。一九八六年の九月十六日、放課後だった」

一言一言、慎重に言葉を選んでいる。

「職員室で仕事してて、トイレに行ったついでに体育館に寄ったんだ。一組の子が何人か放課後に遊ぶとか言ってたから、様子を見に行こうと思ってね。その日はそう――朝から雨だった」

周囲の様子をうかがいながら、

「うつ伏せに倒れてた。どうやっても起きなかった。他には誰もいなかった」

天野はそう言うと目を伏せた。

「なんで、その……」わたしは言葉に詰まる。

「トラブルは見つからなかった。親御さんも分からないと言っていた。でも同級生には『生きるのが辛い』『どうしようもない』って零してたそうだ。漠然と悩んでたってことかな。そういう年頃ではあるけど……何とかできたんじゃないかって思うよ」

　天野は握り合わせた手をデスクに置くと、

「だから正直、例の音や声は垣内の——霊の仕業なのかなって考えたことはある。何回も何十回も。そう思いながらお前たち児童には、建物の話をしていたんだ。この九年間、ずっとね」

　いつの間にか充血した目で、わたしを見据えた。

　この人も悩み苦しむのだ、とわたしは心の中で驚いていた。優しいだけ、大きな声を出さないだけの、ただの〝担任〟だった天野の印象が大きく変わっている。

「先生は直接聞いたことありますか」

　わたしは訊ねた。

　天野は一度だけ、小さくうなずいた。

4

「美晴ちゃーん、おねがーい」

すがるような声がした。美晴。わたしの名前。頬にぬるりと生温かい感触が走る。これは涎だ。わたしは机に突っ伏して寝ている。今は国語の授業中だ。

慌てて身体を起こすと、教壇で佐伯が「よかったあ、起きた」と指示棒を抱きしめた。馬鹿な男子が「教科書の跡ついてんぞ」と嬉しそうにわたしの顔を指差し、クラスが笑いに包まれる。

教室の後ろでパイプ椅子に座った天野が、やれやれといった表情で腕を組んだ。古市が心配そうにこちらを見ている。

わたしは眠気を振り払いながらシャープペンシルを摑んだ。

あれから雨の日になる度、誰もいない時を狙って、体育館で白い女子──垣内渚に呼びかけた。思いつく限りのおまじないも試してみた。もう苦しまなくていい、成仏してほしいと念じてもみた。

松井さんの言うとおり、彼女は死にきれずに苦しんでいると考えたからだ。だったら助けたいと思ったからだ。そこまでしないと一件落着という気分にはなれない。

でも、わたしの試みはすべて失敗に終わった。

彼女は音とともに現れ、耳を押さえて立ち上がり、囁きながらドアの前で姿を消し、キャットウォークを歩いて中央で立ち止まり、飛び降りて音とともに消え失せた。機械のように習慣のように、ただそれだけを繰り返した。

霊は痛くないのだろうか。何度も飛び降りて平気なのだろうか。

それ以前に、どうして何度も飛び降りるのだろうか。どうして雨の日に自殺してみせるのだろうか。

そんなことを考えるのは、わたしが挫けそうになっていたからだった。垣内渚が床に叩き付けられた直後に胸を襲う、あの苦しみに耐えるのが難しくなっていた。

「力不足なのかなあ」

授業が終わると古市の机に座り、わたしはそう零した。彼は考え込む仕草をして、

「聞こえてないとか？　耳を塞いでるんだよね」

と、手元のメモ帳を示す。一ページ使って垣内渚の全身像が、精密に描かれていた。わたしが描くと無残な出来になるのは分かり切っていたので、古市に説明して描いてもらったものだ。

「それはわたしも考えた」

「だろうね。どう見てもそういう姿勢だから」

「うん。だから手を摑もうとしたんだけど、駄目だったよ。触れない」

古市は目を白黒させた。

「これに？　触ってみようって？」

「うん」

「……凄いな」

彼はぶるりと身震いした。

分厚い雲のせいで、昼だというのに外は暗い。このまま降らずにいてくれれば、今日は体育館に行かないで済むのに。自分で始めたことなのに、そんな風に考えるようになっていた。

「触れたら触れたで怖いと思うんだけどな……」

古市が首を捻りながらつぶやいている。

ふと思い出してわたしは訊ねた。

「ねえ、死の匂いって何？　前に言ってたやつ」

ああ、と彼はメモを閉じた。けほんと咳払いをすると、

「ここから落ちたら死ぬよね」

窓をコツンと叩く。二階だから絶対に死ぬとは限らないけれど、キャットウォークよりずっと危険だ。

「うん、まあ」

「理科準備室には劇物がたくさんある。ないならないで化合して作ることもできる。作り方は先生が教えてくれた」

「塩酸とか」

「ジャングルジムも、登り棒も滑り台も落ちたら大変だ。大丈夫そうなのは……」

「植わってるタイヤかな」

「プールの排水口に吸い込まれて死ぬ、なんて話もよく聞く」

「だね」

「校門に挟まれても死ぬ。というか実際に高校生が一人死んでる」

「神戸の学校だっけ」

「うん。要するに学校は危険なんだ。表向きは安全そうな雰囲気だけど全然そんなことはない。他と大して変わらないよ。死の匂いってのはつまり――」

　ここで不意に口ごもる。

　わたしは少し考えて、こう問いかけた。

「〝危ない〟ってだけ？　それを格好付けて言い換えたってこと？」

「そうなる」

　ばつが悪そうに古市は答えた。拍子抜けしてわたしは笑ってしまう。死の匂い。格好を付けすぎている。

　そう思いながらも納得していた。

学校は危険だ。家よりもずっと危ない。少なくとも自分の家で、落ちたら死ぬ場所は屋根くらいしかない。わたしたちは平日の毎日、より危ない場所にわざわざ出向いて過ごしているわけだ。不用心にもほどがある。

自分はよく無事だったな、と妙な感心すらしていた。


終礼が済んでも雨は降らなかった。垣内渚は今日は出てこない、だから体育館には行かなくていい。ほっとしたせいか再び眠気に襲われ、わたしは机で少しばかり寝ることにした。

目が覚めたら五時前だった。

教室にも廊下にも階段にも、誰もいなかった。靴箱の前でスニーカーに履き替えて簀の子を下りると、玄関の隅に人が立っていることに気付いた。

佐伯が組体操のパネル写真の前に佇んでいた。微動だにせず見つめている。気配に気付いたのか、彼女はくるりと振り向いた。

わたしは黙礼した。彼女は「あっ、美晴ちゃん」と満面に笑みを浮かべる。

「勉強？　クラブ活動？」

「寝てました」

「ははは」佐伯は身体を揺すりながら、「寝るの好きなんだね、こんなとこで寝れちゃうし」と視線で床を示す。皮肉で言っているのではないらしい。

「あの時はびっくりしたよ。来たら倒れてるんだもん。息はしてるけど起きないしで泣いちゃいそうになってさ」

「はあ」

「自分の用事どころじゃなかったよ。無事でよかったけど。ねえ」

「はあ」もうその話は止めてほしい。

どうやって話題を変えようかと思案していると、不意に疑問が浮かんだ。

「先生は何であんな早くに学校来てたんですか」

「これを見るつもりだったの」

佐伯は写真のすぐ側まで近づき、右奥の女子のピラミッドを指差す。

「わたし！」

上から二段目、二人並んだうちの左側の女子を突く。わたしは目を凝らした。ピントが合っておらず顔はぼやけているが、体型は分かった。

「……この子、けっこう痩せてますよ」

「中学入ったら太っちゃってねえ」

ははは、と高らかに笑う。

痩せていた頃の自分が見たかったのだろうか。気にはなったがさすがに訊けない。

「わたしの原点なんだ、これ」

佐伯は感慨深げに言った。

「大変だったよ。練習じゃ全然できなくて、先生に怒られて泣いちゃう子もいたし。わたしも嫌だった。こんなことやって何になるのって思った。でも朝とか放課後に練習したら、少しずつできるようになったの。本番は完璧だった」

どこかうっとりした目で、

「天野先生とも、みんなとも仲良くなった。このメンバーとは今でも交流あるよ。グループを超えて、一生の友達を見つけることができたの」

「一致団結は凄いですね」

「そう、凄いよ」

嫌みで言ったのを真顔で返されて、わたしは戸惑った。

「教師を目指してるのも、これがきっかけだもん。みんなで力を合わせれば、無理だと思ってたこともできるの。未来が拓けるの。それを今の子たちにも伝えたいなって」

「みんなで力を合わせて、か」

「うん」

佐伯はこれも真顔で返した。

「いい経験だったよ。みんなで目標に向けて協力するのが好きになった。中高大と野球部のマネージャーやったのもこれがきっかけ。だからダーリンと出会えたのもこれのおかげ」

「ダーリン」

「そう、旦那様。大学の野球部で、エースで四番なの。佐伯修平って名前も強そうでカッコイイよね」

今度は惚気か。うんざりした次の瞬間に気付く。

「うん。指輪はまだだけど」

「旦那様ってほんとに旦那のこと？」

彼女は何も付けていない左手をひらひらさせた。

「結婚してたんですね」

「そうだよ、別に隠してないしみんなにも言ったはずだけど」

わたしはその〝みんな〟には入っていない。この人には意味が分からないだろう。

〝みんな〟とは繋がりが切れている人間がいることを、この人はきっと理解できないだろう。

彼女は嬉しそうに惚気を再開していた。芸能人の誰それに似ている、文武両道である、両親を説得した彼にさらに惚れた——

「友達からも早いとか慎重になれとか色々言われたけど、どうせするなら早い方がいいでしょ。それに菰田より佐伯の方が可愛らしいし」

「……えっ」

言葉が記憶と結び付く。コモダ。垣内渚が囁いていた名前の一つだ。

「先生、コモダっていうんですか？」

「そうだよ。菰田麻子。地味でしょ」

けらけらと笑う彼女にわたしは問いかけた。

「垣内渚って子、知ってますか？」

気付くのが遅すぎた。教育実習生なら大学三年生だろう。浪人や留年をしていなければ二十歳か二十一歳。だから九年前は小学六年生だったことになる。そして六年二組、天野のクラスに実習に来ているということは——

佐伯の顔から笑みが徐々に消えていった。

「……うん。同じクラスだった」

探るような目でわたしを見ている。

「自殺したって聞きました」

「そうなの」間髪を容れずに答える。「友達のいない、影の薄い子だったから、正直何があったかはよく知らないけど」

「友達じゃなかったんだ」

「うん。でも悲しかった。気付いてあげられなかったから。お通夜にも告別式にも行って、みんなで泣いてお別れしたよ」

さっきまでとは打って変わって、泣きそうな顔になっていた。芝居がかっていると考えるのは穿ちすぎだろうか。綺麗事に聞こえるのはわたしが捻くれているせいだろうか。

訊きたいこと訊くべきことを考えていると、

「じゃあ、これから会議だから」

佐伯はすたすたと職員室の方に歩いて行った。


日付が変わっても眠れず、布団を撥ね除けて起き上がる。引き戸の向こうは今日も灯りが点いている。真琴たちを踏まないように避けて、わたしはそっと部屋を出た。

姉が――琴子がテーブルで勉強していた。短めのポニーテール、ぶかぶかのTシャツにスパッツ。椅子の上で体育座りして、つまらなそうに参考書を眺めている。トイレに行って戻っても彼女は同じ姿勢だった。

「琴子」

「なに」

顔も上げずに答える。

「雨の日の体育館のこと、知ってる？　三ツ角小学校の」

彼女に相談するのは癪だったけれど、他に頼りになりそうな人間は思い当たらない。わたしよりずっと真面目で頭がよく、そしてたくさんの〝本物〟に会ってきた琴子なら、何かヒントになりそうなことを知っているかもしれない。

「白い子でしょ。飛び降りて消える子」

ぱらりと参考書を捲る。やはり琴子にも見えていたのだ。

「放っといて平気なの？」

「平気。誰かが困ってるわけじゃないもの」

「あの子が困ってる――苦しんでるよ」

琴子はようやく顔を上げた。無表情でわたしを見つめる。続きを促しているらしい。

「調べたからね。自殺したのに死にきれなくて苦しんでる。わたしにも伝わる」

濃い眉がぴくりと動いた。

「わたしが声をかけても全然聞いてくれない。耳を塞いでるから」

「塞いでる？」

「そうだよ。こうやって」

わたしは垣内渚と同じポーズをしてみせた。琴子の目がわずかに見開かれる。驚いているらしい。

手にしているシャープペンシルを頰に何度か当てると、

「そう……その方が歩きやすいものね」

　意味深につぶやいた。

「どういう意味？」

「美晴が見た白い子は耳を塞いでるんじゃない。頭を持ってるの」

「は？」

「美晴の声もちゃんと聞こえてるはずよ。手を耳に当てたって何も聞こえなくなるわけじゃないもの。反応しないのはそうね……美晴が勘違いしてるからじゃない？」

「さっきから何なの？」わたしは髪を掻き毟った。「勝手にクイズ始めるなよ。お前は分かってるかしらないけど」

「静かに。みんなが起きる」

　琴子が言った。囁き声なのによく通る。そして迫力がある。

　気圧されそうになるのを何とか耐えて睨み付けると、彼女は溜息を吐いた。

「自殺したら永久に苦しむなんて嘘よ。思い止まらせるための作り話に過ぎない。誰に聞いたか知らないけど」

「松井さん」

「そうなんだ」

　琴子は首を捻っていたが、やがて「そうだ」と両足を椅子から下ろした。

「思い出した。夕方に松井さんと会って、美晴へ伝言を頼まれたの。『気にしてたらごめんね』って。意味分かる？」

「うん」

彼女の顔と先日の遣り取りを思い返すと、苛立ちは少しだけ治まった。松井さんとは普通に話せるのに、と余計なことを考えてしまう。

「松井さんって何で足悪くなったんだっけ」

何気なく訊くと、琴子は意外そうな顔をした。

「結構ニュースになったけど……そうか、美晴はまだ二歳だったものね」

お前だって四歳だったくせに、と突っかかりそうになって堪える。

「あの人は小六の時に――」

琴子の言葉を聞いた瞬間、思考が止まった。どうしてなのか分からない。戸惑っていると勝手に頭の中で記憶が、情報が絡み合う。琴子のクイズめいた言葉の意味が理解できる。

同時に寒気が身体を襲った。自分の想像で心が冷たくなっていた。

「つ……次に雨が降るのはいつ？」

「分かるわけないでしょ」

琴子は呆れたように言うと、テーブルの新聞を指差した。

5

「おいおい」

放課後。体育館の扉をくぐるなり天野が尖った声で言った。すぐ後ろの佐伯も怪訝な表情を浮かべる。二人の視線は入ってすぐの壁に立てかけられた、組体操の写真パネルに注がれていた。

「勝手に移動させたのか？　誰か先生の許可は……」

「いえ。でも必要なので」

わたしは古市に目で合図を送る。彼はうなずくと出入り口の重い扉を閉じた。わずかに館内の、空気の流れが変わる。

四人しかいない体育館に、沈黙が立ち込めた。聞こえるのは外の雨音だけだった。

「……何が始まるの？」

不安そうに訊いたのは佐伯だった。

「垣内渚のことで、どうしても確かめたくなって」

わたしはそれだけ答えた。腹の底がずしりと重くなり、膝が少し笑う。逃げ出したいほどの緊張を覚えている。でも逃げ出すわけにはいかない。

白い女子、垣内渚を助けるにはこうするしかないのだ。

「佐伯先生」

呼びかけると、彼女は強張った顔で「なに」と答えた。普段――みんなと一緒にいる時とはまるで違う、低い声。

「この子の名前は何ですか？」

わたしは女子のピラミッドの、最下段左端の女子を指した。佐伯はわずかに目を凝らして、

「三屋さん」

と答えた。メモを開いた古市が「むっ」と声を上げる。わたしは続いて隣の女子を示し、「この子は？」と問いかける。

「江副さん」

「この子は？」

「小林さん」

古市の顔がみるみる青ざめていく。

わたしはピラミッドを組む女子を順に指し示し、佐伯は名前を答える。石田さん、木下さん、森さん、八重樫さん、根岸さん。

「で、これが菰田さん……佐伯先生」

「そうだけど、それが何なの？」

険しい顔で佐伯が訊いた。わたしは覚悟を決める。

「ここは雨の日に変な音と声がする。その声が、今言った九人の名前を呼んで謝るの。ごめんねって」

「そんなの確かめようが」

「あります。もうすぐ聞こえますよ」

「有り得ない」

「だったらここにいても平気ですよね？」

彼女は黙った。わたしは再び写真を指差す。

「一番上の子は誰ですか？」

「……荻野さん」

「この子の名前は呼ばれません」

古市がうなずくのを横目で確認すると、わたしは身体ごと佐伯を向いて、

「佐伯先生。一九八六年の九月十六日の放課後、垣内渚はここで自殺した。そういうことになってますけど――本当は違うんじゃないですか」

「何言ってるんだ比嘉」

答えたのは天野だった。組んでいた腕を解く。

「先生が確かめたんだ、垣内は間違いなくここで」

「死んだんですよね？　自殺したんじゃなくて」

天野が絶句して佐伯を見た。彼女は潤んだ目で見返している。

二人の様子をうかがいながら、わたしは一気に言った。

「その日この辺りは雨が降っていました。昔の新聞で確認済みです。校庭は使えない、組体操の大技を練習するなら体育館しかない。垣内渚はここでピラミッドの練習中、頂上から落ちて頭を打って死んだ。違いますか？」

体育館が静まり返った。そう思った次の瞬間、

「そんな訳ないだろ！」

天野が怒鳴った。

「じゃあ何か、先生が嘘を吐いてるっていうのか？　冗談はよしてくれ。大体そんなことをする意味がないだろ。不慮の事故を自殺に見せかける必要なんかない」

「普通はそうです」

わたしは引っ掛かりながらも同意する。組体操で児童が死ぬことは、天野にとって「不慮の事故」らしい。きっと他の先生がたも同様だろう。

「でも二年連続なら違います。さすがに大事（おおごと）になると慌てる人も、だから隠そうと企（たくら）む人もきっと出てくる。新任の先生なら尚更（なおさら）です」

天野は奇妙な声を漏らした。

わたしは松井さんのことを思い出していた。

彼女は一九八五年の秋、組体操の練習で三段タワーから転落し、背骨を折った。そして半身不随になった。これも当時の新聞を調べ、本人に直接訊いて確認した。死にたい時期があった理由も察しが付いたが、確かめることはしなかった。

「違う、違う……」

佐伯が首を振った。

「知らない。ピラミッドの練習なんか」

「こないだ言ってましたよね、放課後も残って頑張ってたって」

「それは関係ないぞ、全然関係ない」

天野が上ずった声で言った。

「比嘉、くだらない遊びで大人をからかうのは止めろ。洒落にならない」

「洒落にならないことをしたのはどっち？」

わたしは震える足を踏ん張った。

二人の狼狽ぶりで確信していた。勢い任せの説明なのに、天野も佐伯も取り乱している。自分の仮説は正しいのだ。信じたくないけれど当たっているのだ。

天野は、佐伯は、そして残りの八人は、

「みんなで一致団結して、垣内渚の事故死を自殺に偽装したんですね？　マットを片付けて死体をそれらしい位置に置いて。念には念を入れて、死体をキャットウォークから落としたりもしたかもしれませんね。後は全員で口裏合わせて、〝漠然と悩んでいた〟という嘘の動機を広めた。彼女が内向的で、友達がいないのをいいことに」

「ふ、ふざけ――」

ごん、と音がした。

天野がびくりと大きく反応する。

佐伯が小さな悲鳴を上げる。

垣内渚がピラミッドから落ちて、床に頭を打った時の音だ。

体育館の真ん中に、彼女が現れた。横たわっている理由も今は分かる。

白い彼女が立ち上がる。耳を塞（ふさ）いでいるのではなく、両手で頭を支えている。折れて用を成さなくなった首の代わりに。

〈……ごめんね……〉

囁（ささや）き声がした。佐伯が耳を押さえてうずくまる。

白い垣内渚が九人の名を呼び、詫（わ）びの言葉を繰り返す。

「いやっ」

佐伯が叫んだ。天野が側に駆け寄る。

「垣内さん」わたしは白く透けている彼女に呼びかけた。「想像なんだけど、垣内さんは運動が苦手だったか、高いところが駄目だったんじゃない？　だからその日の組体操も上手くできなくて、みんなに責められた」

〈ごめん、ね……あ、あし……〉

「みんなの足を引っ張ってるとか言われた。追い詰められた垣内さんは無理してピラミッドに登った。団結を乱さないように、みんなに迷惑かけないようにって。そう思ってたら落ちて、それで……」

　キュッ、と音を立てて彼女は歩き出した。ふらふらとドアに向かう。

「死んだ後も追い詰められてるんだね？　今も責任を感じてる。みんなに気を遣ってる。だから」

　古市の目は真っ赤だった。わたしも胸が苦しくなっていた。

「今はこうやって、みんなの嘘に協力してるんだ。雨が降ったら現れて、無理のある自殺を実演してみせてる。自分はこうやって死にましたって嘘を吐き続けてる」

　自分の言葉で悲しくなる。

　そうだ。彼女はこんな馬鹿げた理由でここに留まり続けているのだ。団結だの何だのに死んでからもずっと囚われている。押し付けられた〝みんな〟を振り払えずにいる。それで自分を責め続けて、苦しみ続けている。

「垣内さん」

わたしは駆け出した。彼女の前に回り込む。

「そんなことしなくていいから。もう誰も怒ったりしない。責めたりしない」

彼女がドアに、わたしの方に近付く。ぼやけた顔が徐々に迫ってくる。

「垣内さんだって辛いでしょ。他のみんなも喜んだりなんかしてない。垣内さんのことなんか全然考えずに生きてる」

後ずさっていると背がドアに付いた。

「お願い」

曖昧な白い顔に語りかける。遠くから天野が棒立ちで、こちらを見ている。古市がおろおろしている。

キュキュッ、とまた音がした。

「わたしは組体操なんか嫌いだよ」

自棄になって口走る。

鼻先で彼女が止まった。

はっきりしない目でじっとこちらを見ている。

「放課後に練習なんかやりたくない。でもどうせやるんだよ。こういう時だけ仲間とか友情とか言い出すやつが出てきて、それに合わせるのが正しくて嫌がるやつは間違いみたいな空気になる。絶対にそうなる。考えただけで嫌。垣内さんも嫌じゃなかった？　本当はやりたくなかったのに、みんなのノリに無理して合わせてたんじゃないの？」

わたしは思っていることをそのまま伝えた。

無意識に両手を伸ばし、彼女の手首を摑んでいた。自分の気持ちが昂ぶっているせいか、それとも彼女が触れさせてくれているのか。

彼女の手首は冷たく乾いていた。

「もう合わせなくていい。好きに死になよ」

不鮮明な顔がゆっくりと、小さくうなずいた。

わたしはそっと彼女の手を引いた。掌が頭から離れるのが見えた瞬間。

頭がガクリと勢いよくこちらに倒れかかった。

咄嗟に身体を引くと、後頭部を激しくドアに打ち付けた。

痛みに呻きながら目を開けると、垣内渚の姿は消えていた。

霊がいるらしき気配も、雰囲気も無くなっている。

佐伯がめそめそと泣いていた。天野がその傍らで放心している。

「終わったの？」

古市がメモを片手に歩み寄る。

わたしは小さくうなずいて「パネル、片付けよっか」と言った。

実習期間はまだ終わっていなかったが、佐伯は翌日から学校に来なくなった。朝の会で天野は「一身上の都合」とだけ説明した。教室のあちこちから不満の声が上がったけれど、白河だけは何故か嬉しそうにしていた。主演の座を奪われてずっと不満だったらしい。

天野も七月に入ると同時に来なくなった。やって来た教頭が「休職」と言ったのを、馬鹿な男子が「給食？」とわざとらしく聞き間違え、ちょっとした笑いが起こった。

翌日には体育館が立ち入り禁止になった。出入り口の前には赤い三角コーンと立て看板が置かれ、スーツ姿の強面の人たちが時折出入りするようになった。

古市と二人で元通りにしておいた、組体操のパネル写真も撤去された。

わたしたちには何も知らされなかった。

琴子に最低限の報告をすると、意外なほど驚かれた。

「あの子そんなこと言ってた？」

「ひょっとして見えてただけ？」

ここぞとばかりに見下ろすと、琴子は不機嫌そうな顔で勉強に戻った。どうやら彼女には声が聞こえず、首の折れた子が飛び降り自殺するという、ただ不可解な光景が見えただけだったらしい。それなら垣内渚を放置したのもそれなりに納得がいく。あの子の囁きや苦痛を無視したわけではないのだ。安堵している自分が不思議に思えた。でも気分がよくなったのはその時だけだった。

梅雨は終わって晴天が続いたけれど、心は少しも晴れない。むしろ日に日に暗く沈んでいく。天野や佐伯がどうなったのか、教頭に訊いても教えてもらえなかった。

もっともらしい嘘を吐いて、わたしの追及を回避しようとした天野。

垣内の死などなかったかのように、団結だの何だのの美しさを説いていた佐伯。

いや――ひょっとして彼女たちは垣内が死んだことによって、より結束を強めたのではないか。同級生の事故死を自殺と偽り、秘密を共有することで団結したのではないか。その成果があの写真のピラミッドではないか。

考えただけで気分が悪くなった。

垣内渚はそんな団結に死んでからも囚われていた。天野や佐伯たちが捏造した嘘の自殺を、律儀に再演し続けていた。わたしまで苦しくなるくらいの悲しみを抱きながら、九年もの間。

考えただけで悲しくなった。

佐伯以外の八人は普通に暮らしているだろう。佐伯から連絡が行ったかもしれないが、だからといって悔い改めたりするとは思えない。今日も何食わぬ顔で生きているに違いない。明日も明後日も、それから先もずっと。

気持ちはますます鬱々となった。

終業式を三日後に控えた平日。目が覚めたら九時半だった。顔を洗って着替えて家を出る。食欲は少しもない。歩道に映る自分の影を見て寝癖に気付いたけれど、直す気にもなれない。

校門をくぐって正面玄関に向かう。校庭では低学年がこの暑い中、懸命にトラックを走っている。最後尾をぜいぜい言いながら走るのは痩せて小柄な男子だった。顔は真っ赤で完全に顎が上がっている。

先生が男子に向かって何やら怒鳴り、走り終わった子たちがどっと笑う。男子が顔を手で何度も拭った。流れる汗を拭いたのか、それとも。

溜息を吐いて校庭から目を逸らすと、体育館の方に人影が見えた。何気なく焦点を合わせた途端、一気に目が覚めた。

天野と佐伯が、体育館の正面出入り口の扉を引き開けていた。二人とも服がよれよれで、髪が乱れているのが遠目からでも分かる。手前で三角コーンと立て看板が倒れている。

二人はするりと中に入った。すぐさま扉が乱暴に閉じられる。がん、と大きな音が響いたが、校庭の下級生も先生も気付いた様子はない。

わたしは地面を蹴った。足に全く力が入らないけれど何とか前に進む。こんなことならちゃんと朝ご飯を食べておけばよかったと悔やむ。

車椅子用のスロープを駆け上がって扉の前に着いた、まさにその時。

重い音が立て続けに二度、中から漏れ聞こえた。板張りの床に重く硬いものが叩き付けられ、弾けるような音。

口の中がからからに乾燥していた。呼吸が乱れている。蒸し暑さを感じているのに寒気がする。腕には鳥肌が立っていた。

錆の浮いた引手に指をかける。次々に浮かぶ想像を振り払って、わたしはゆっくり扉を引き開けた。

開いた隙間から中が見えたと思った瞬間、生温い空気が顔を撫でた。わたしは思わず鼻を押さえ、その場に立ち竦んでしまう。

強烈な血の匂いに動けなくなってしまう。

窓から差し込んだ光が、埃っぽい館内を照らしていた。

天野と佐伯が、キャットウォークの下の板張りに俯せで転がっていた。どちらの髪も赤黒く濡れている。首が変な方向に曲がっている。二人とも微動だにしない。

「先生……」

無駄だと分かっているのに呼んでしまう。勇気を振り絞って中に入る。淀んだ空気が手足に纏わり付く。血の匂いは吐き気を催すほどに濃くなっている。
キュッ、と背後で音がした。
振り返ると白い影が、扉から外に出て行くのがちらりと見えた。

解説

朝宮運河（ライター・書評家）

一九九三年四月、〈ホラー〉の語を冠したわが国初の文庫レーベルである、角川ホラー文庫が創刊された。これは翌年の日本ホラー小説大賞の創設とならび、日本ホラー小説史において重要なトピックであった。

その後、日本ホラー小説大賞からは『パラサイト・イヴ』の瀬名秀明、『黒い家』の貴志祐介などのベストセラー作家が誕生、角川ホラー文庫の創刊ラインナップに加わっていた鈴木光司『リング』が一九九八年に映画化され大ヒットを記録し、二十世紀末に空前のホラーブームを巻き起こした。その結果今日では、ミステリやＳＦと並ぶエンターテインメントの一ジャンルとして、ホラーは市民権を得るにいたっている。

角川ホラー文庫はそうした動きと連動し、併走してきた無二の文庫レーベルであり、その歩みは国産ホラージャンルの発展とほぼ重なり合う。ホラーとのファーストコンタクトが角川ホラー文庫だった、という読者も少なくないだろう。

本書はそんな角川ホラー文庫の約三十年を、俯瞰する目的で編まれたベストセレクションである。本格ミステリの巨匠から新世代作家までいずれ劣らぬ実力派が、技巧とアイデアを凝らして作りあげた八編を通じ、ホラーの面白さと可能性をあらためて感じていただければ幸いだ。以下、収録作について解説していこう。

病院の待合室で知り合った女性と結ばれた〝私〟は、彼女の身体が呪われていることを知る。おぞましくも蠱惑的なシーンの連続で読者を圧倒する**綾辻行人**「**再生**」は、角川ホラー文庫オリジナルのアンソロジー『亀裂』に収録された。著者のホラー短篇集『眼球綺譚』の巻頭を飾ったことでも知られる傑作である（本書は角川文庫版『眼球綺譚』を底本とした）。意外な結末と恐怖が緊密に結びついた構成は、本格ミステリの名手ならでは。ホラーのこれまでを眺め、未来へと繋げる本書のコンセプトを象徴する意味で、表題作に選ばせてもらった。

ほぼ初対面に近い夫婦から、東京湾のナイトクルーズに誘われた主人公。しかし不可解な原因でヨットは動かなくなってしまう。**鈴木光司**「**夢の島クルーズ**」は、「リング」シリーズの著者による、生々しい手ざわりの海洋綺譚。夜の海に潜んでいるのは何ものか。水辺の怪を扱った短編集『仄暗い水の底から』所収の本作は、『ドリーム・クルーズ』（鶴田法男監督）のタイトルで映画化もされている。

「**よけいなものが**」は一九八三年、星新一ショートショート・コンテストに入選した

井上雅彦最初期の作品。夜道を歩く男女の間に、何が起こったかお気づきだろうか？鮮やかなマジックを見ているようなこの作品を皮切りに、著者は洒脱なアイデアと幻想的イメージに溢れた長短編を多数執筆、国産ホラーブームの一翼を担った。本編を収める短編集『異形博覧会』など名作の多くが、角川ホラー文庫から刊行された。

『灰色の犬』など骨太なエンターテインメントを相次いで送り出す**福澤徹三**は、デビュー以来怪談にこだわってきた。角川ホラー文庫にも怪談実話集「忌談」シリーズなどを書き下ろしている。「**五月の陥穽**」は極限状況に追い込まれた男の絶望を、手に汗握る筆致で描いており一読忘れがたい。『怪談歳時記　12か月の悪夢』に収録。

一九八九年、本格ミステリの『卍の殺人』でデビューした**今邑彩**は、ホラーにも意欲を示し、角川ホラー文庫では伝奇長編「蛇神」シリーズ全四巻を執筆している。「**鳥の巣**」はアンソロジー『かなわぬ想い　惨劇で祝う五つの記念日』に書き下ろされた、ひたひたと恐怖が迫りくる〝物件ホラー〟の逸品である。

　貧しい村で虐げられている兄妹。幼い妹のシズは牛の化け物を幻視する。**岩井志麻子**「**依って件の如し**」は、明治期岡山の寒村を舞台に、土俗の闇と怪異を描いた第一短編集『ぼっけえ、きょうてえ』の巻末を飾る衝撃作。人間心理の暗部に向けられた鋭いまなざしは、「現代百物語」シリーズ全十巻など多くの怪談・ホラーに結実している。

夫を亡くした〝私〟の周囲に現れる、オーストリア人女性の影。**小池真理子**「**ゾフ**

ィーの手袋」は森鷗外の「舞姫」を彷彿とさせる設定のもと、現世をさまよう死者の恐怖と悲しさが描かれる珠玉の怪談だ。短編集『異形のものたち』に収録。スティーヴン・キングに刺激を受け、いち早くホラーを手がけた著者の『墓地を見おろす家』は、角川ホラー文庫屈指のロングセラーとして、読者を戦慄させ続けている。

二〇一五年『ぼぎわんが、来る』で第二十二回日本ホラー小説大賞を受賞した**澤村伊智**は、現代のホラーシーンを牽引する逸材。〝学校における死〟というテーマを、現代的な視点を交えつつ描いた「**学校は死の匂い**」にも、著者の非凡な着想とテクニックが遺憾なく発揮されている。現代ホラーの最先端ともいうべき短編である。この作品で第七十二回日本推理作家協会賞・短編部門を受賞。角川ホラー文庫の短編集『などらきの首』に収録された。

家中の角川ホラー文庫を積み上げ、片っ端から読み返しながら、本書収録作の選定を進めるのは嬉しくも悩ましい作業だった。涙をそそる抒情ホラー、グロテスクな怪作、実験的手法の野心作――。ページ数の都合から、今回収録が叶わなかった作品がまだまだ山のようにある。

本書をきっかけに、国産ホラー小説の沃野を探索する気になっていただければ、編者冥利に尽きるというものだ。

〈初　出〉

綾辻行人「再生」／「野性時代」一九九三年五月号

鈴木光司「夢の島クルーズ」／「小説すばる」一九九四年九月号

井上雅彦「よけいなものが」／「ショートショートランド」一九八三年五月号

福澤徹三「五月の陥穽」／携帯サイト「the どくしょplus」二〇〇九年六月～一〇年五月

今邑 彩「鳥の巣」／『かなわぬ想い　惨劇で祝う五つの記念日』（一九九四年一〇月）

岩井志麻子「依って件の如し」／『ぼっけえ、きょうてえ』（一九九九年一〇月）

小池真理子「ゾフィーの手袋」／「小説　野性時代」二〇一七年六月号

澤村伊智「学校は死の匂い」／「小説　野性時代」二〇一八年八月号

再生　角川ホラー文庫ベストセレクション

綾辻行人、井上雅彦、今邑 彩、岩井志麻子、小池真理子、澤村伊智、鈴木光司、福澤徹三　朝宮運河＝編

角川ホラー文庫　22566

令和3年2月25日　初版発行

発行者——堀内大示
発　行——株式会社KADOKAWA
〒102-8177　東京都千代田区富士見2-13-3
電話 0570-002-301（ナビダイヤル）
印刷所——株式会社暁印刷
製本所——本間製本株式会社
装幀者——田島照久

●お問い合わせ
https://www.kadokawa.co.jp/（「お問い合わせ」へお進みください）
※内容によっては、お答えできない場合があります。
※サポートは日本国内のみとさせていただきます。
※Japanese text only

ISBN978-4-04-110887-1　C0193

角川文庫発刊に際して

角川源義

第二次世界大戦の敗北は、軍事力の敗北であった以上に、私たちの若い文化力の敗退であった。私たちの文化が戦争に対して如何に無力であり、単なるあだ花に過ぎなかったかを、私たちは身を以て体験し痛感した。西洋近代文化の摂取にとって、明治以後八十年の歳月は決して短かすぎたとは言えない。にもかかわらず、近代文化の伝統を確立し、自由な批判と柔軟な良識に富む文化層として自らを形成することに私たちは失敗して来た。そしてこれは、各層への文化の普及滲透を任務とする出版人の責任でもあった。

一九四五年以来、私たちは再び振出しに戻り、第一歩から踏み出すことを余儀なくされた。これは大きな不幸ではあるが、反面、これまでの混沌・未熟・歪曲の中にあった我が国の文化に秩序と確たる基礎を齎らすためには絶好の機会でもある。角川書店は、このような祖国の文化的危機にあたり、微力をも顧みず再建の礎石たるべき抱負と決意とをもって出発したが、ここに創立以来の念願を果すべく角川文庫を発刊する。これまで刊行されたあらゆる全集叢書文庫類の長所と短所とを検討し、古今東西の不朽の典籍を、良心的編集のもとに、廉価に、そして書架にふさわしい美本として、多くのひとびとに提供しようとする。しかし私たちは徒らに百科全書的な知識のジレッタントを作ることを目的とせず、あくまで祖国の文化に秩序と再建への道を示し、この文庫を角川書店の栄ある事業として、今後永久に継続発展せしめ、学芸と教養との殿堂として大成せんことを期したい。多くの読書子の愛情ある忠言と支持とによって、この希望と抱負とを完遂せしめられんことを願う。

一九四九年五月三日